「あれ？　こんなところに本が置いてある……」
それは表紙も背表紙も
真っ黒の本だった。
本から禍々しいオーラが
放たれているような気がするのは、
ただの錯覚か？
タイトルは『ゲーティア』。
ノーマン
魔術が使えないため
勘当されてしまった少年

「あなたがわたしを呼んだのですか？」
「は、はい」
白い羽。頭上には輪っか。
どこからどう見ても
天使の特徴を兼ね備えている。
序列第四十九位
クローセル
ノーマンに召喚された悪魔。

けれど、なぜ天使が召喚された？
魔導書『ゲーティア』は
悪魔を召喚する魔導書のはずだ。
「これはこれは、
堕天使ではありませんか！」
オロバスがそう言った。
序列第五十五位
オロバス
ノーマンに召喚された悪魔。

「ノーマン様！　危ないっ！」

いつの間にか、隣にクローセルが立っていた。

は？　なんでいるの？

「えいっ！」

クローセルがそう言って、両手を前に出す。

アルス・ゲーティア
～無能と呼ばれた少年は、72の悪魔を使役して無双する～
北川ニキタ
[イラスト] GreeN

CONTENTS

第一章　目覚め

なぜ、僕は魔術が使えないのだろう?

幼い頃から抱いている疑問だ。

僕の家、エスランド家は代々魔術師を輩出している名門の魔術師一家。当然、両親はどちらも魔術師だし、妹も幼いながらすでに魔術の才能を開花させている。

両親が魔術師ならば、その子供も当然魔術を使えるのがこの世界の常識なのに、なぜか僕は魔術が使えない。

「それでは、まず昨日の復習から始める」

教室の壇上に目を向けるとルドン先生が立っていた。

ルドン先生は背が高く痩せこけている男の先生だ。

いつも淡々と授業を進めるため、生徒たちからの人気はあまりない。

「昨日習ったことを思い出しながら発火魔術を行え」

ルドン先生がそう言うと、教室にいる生徒たちは魔導書を見ながら、魔法陣を紙に描いていき、それから呪文を唱えていく。

すると、手のひらに火の玉がでてきた。

僕も、みんなの真似をして魔法陣を書いて呪文を唱えていく。

「皆(みな)、できたか?」

「せんせーい、一人だけできていない人がいまーす」

先生の呼びかけに対し、そう答える者がいた。

その声にはあきらかに嘲笑がこもっている。

「また、ノーマンか」

先生があきれたようにそう口にする。

そう、僕は懸命に呪文を唱えているが、一向に発火魔術ができなかった。

「いいか、ノーマン。闇雲に呪文を唱えても意味がない」

そう言って先生は僕の元までやってくる。

「目をつぶって、火の精霊の声を聞きなさい」

「はい」

言われたとおり目をつむる。

「どうだ? 火の精霊の声が聞こえるだろう?」

「……はい」

そう僕は返事をした。

けれど、本当は火の精霊の声なんてものは僕には聞こえる気配すらなかった。

「聞こえるんだったら、その火の精霊に命じるように呪文を唱えてみろ」

「――発火しろ」

僕は唱えた。

そーっと、目を開けてみる。

結果、なにも起きていなかった。

「はぁ」という先生の溜息。

途端、教室中、「ギャハハハハハハ」と僕のことを馬鹿にした笑い声が木霊する。

「基礎魔術もできないなんて、君は本当に才能がないようだな」

「す、すみません……」

僕は小声でそう謝っていた。


それから授業は僕のことを無視して行われていった。

その間、僕は小さくなって俯いているしかなかった。

「ノーマン、こっちに来なさい」

放課後、ルドン先生が僕のことを呼んだ。

なんとなく呼ばれる理由が想像つくだけに足が重い。

「なんのようでしょうか？」

「いい加減、魔術を習うのは諦めるべきじゃないのか？」

僕は十四歳だが、教室にいるのは十歳や十一歳の子ばかりだった。

この学校には基礎コース、応用コース、発展コースの三つがあり、僕と同い年の子らは全員発展コースの教室にいる。

もちろん僕は基礎コースだ。

ちなみに僕は十歳の頃から学校に通っているため、四年間ずっと基礎コースに通い続けていることになる。

「いくら努力しても魔術が使えない人ってのはどうしてもいる。君もきっとそうなんだろう」

「そうかもしれませんね……」

僕はルドン先生の言葉に黙って頷くしかなかった。

◆

放課後になると学校の図書室へ通うのが僕の日課だ。

僕に才能がないのはわかりきっている。だったら、人一倍努力をするしかない。そう思って、こうして図書室に通って、魔導書を手に勉学に励んでいた。

「おい、ノーマンが魔導書なんか読んでやがる」

「魔術が使えないやつが読んでも意味がないのにな」

ふと、図書室にいるであろう二人組の声が聞こえてくる。

まぁ、確かに。

現に、いくら魔導書を読んでも魔術は使えないままだ。

それでも他にやることが思いつかないため、こうして魔導書を読みふけっている。


「ノーマン、こんなところにいたのか」

「あ、ルドン先生」

顔をあげると、目の前にルドン先生が立っていた。

「もう学校を閉める時間だぞ」

確かに外を見るともう空の色は暗い。読書に集中していて気がつかなかった。

「はい、もうそろそろ帰ります」

そう言いながら立ち上がる。

帰る前に、さっきまで読んでいた本を元の棚に戻さないとな。

「そういえば、ルドン先生はどうして図書室に？」

ふと、気になったのでそう問いかける。この時間まで図書室にいたことは何度もあるがルドン先生と会ったのは初めてだ。だから、なにか用事があるんだろうと思い至った。

「いや、実はある本を探していてな。だが、結局見つからなかったから、明日に後回しにしようと思っていたところだ」

「なんの本でしょうか？　もしかしたらわかるかもしれません」

図書室には毎日通っているから、多少は詳しいつもりだ。

「あぁ、超低温状態における四大精霊の流転条件に関する書物を探していてな。いや、悪い。これは発展コースでも学ばない範囲だったな。お前にわかるわけがないか」

「あぁ、それなら確か……」

そう言いながら、僕は本棚を見て回る。

「これとこれとこれに書いてあったはずです」

該当する本を五冊ほど、手にしながら先生のもとに戻る。

「確かに、探し求めていた本だ。よく、わかったな」

僕が持ってきた本をパラパラとめくりながらルドン先生がそう言う。どうやら役に立てたようで一安心だ。

「ええ、どれも読んだことがある本だったので」

「……そうか。どれも難しい魔導書なんだが、読んでいるなんて珍しいな」

「本を読むのは嫌いではありませんので」

それに、と付け加えながらルドン先生の目を見る。

「図書室にある本はだいたい読み終えているのでわかったんだと思いますよ」

まぁ、いくら魔導書を読み込んだところで魔術が使えなければ意味がないのだが。

◆

翌日、学校のない日は書斎に行って本を漁っては魔術に関する知識を取り入れるのが日課だった。

両親どちらも優秀な魔術師なだけに書斎には大量の魔導書が置いてある。

すでに、ここにある本のほとんどを読み尽くしていた。

だけど、魔術は使えないままだから、意味はなかったんだが。

「あれ？　こんなところに本が置いてある……」

物色していると、本棚の奥に隠されたように置いてある本を見つけてしまった。

気になったので、その本を手に取ってみる。

それは表紙も背表紙も真っ黒の本だった。

本から禍々しいオーラが放たれているような気がするのは、ただの錯覚か？

タイトルは『ゲーティア』。

まだ、こんな本が残されていたんだ。
この書斎にある本はほとんど読んだと思ったが、こんな本は今まで見たことがない。
せっかくだし読んでみようと思い、中身をパラパラとめくってみる。
「悪魔召喚だって⁉」
書いてあった内容に僕は思わず声をあげてしまう。
そう、この魔導書には七十二の悪魔を召喚する方法が書かれていた。
普通、魔術師が使役するのは精霊や天使といった霊体だ。
けれど昔、聞いたことがあった。
中には悪魔を召喚する恐ろしい魔術があると。
そして、悪魔召喚は禁術のため決して使ってはいけない、とも。

試しにやるだけやってみるか。
どうせ普通の魔術ができない僕が悪魔召喚なんてできるはずがない。
だから、これは試しにやってみるだけだ。
パラパラと魔導書をめくっていく。
僕はどの悪魔を召喚すべきか悩んでいた。

中には恐ろしい悪魔もおり、もしこんなのが召喚されてしまったら大変な目にあうな、なんてのもいる。

「これなら、そんな怖くはなさそうだな」

僕はあるページを見て、そう口にした。

よし実践だ。

それから僕は自分の部屋に戻り、準備を始めた。

といっても魔導書に書いてある通り、魔法陣を紙に書いていくだけだ。

まず、大きな魔法陣でないといけないそうなので、紙をいくつもつなぎ合わせる必要があった。

それから、鶏の血で魔法陣を書く必要があったので料理人から調理予定の雄鶏をもらった。

魔術において鶏の血を使うことは珍しくないので快くもらうことができた。

そして、紙の上に雄鶏の血を使って魔法陣を描いていく。

できあがると、僕は目をつぶった。

先生は精霊の声を聞け、と言っていたけどこの場合は悪魔の声を聞けばいいのかな。


と、次の瞬間。

魔導書がどす黒い光を放った。

しかも、魔導書からうめき声のような不気味な音が聞こえる。

これがルドン先生の言っていた声を聞けってことか？

あとは、呪文を唱えれば本当に悪魔が召喚できるのかもしれない。

だから、僕は呪文の書かれているページを開いて——

「やめよう……」

心臓が高鳴っている。どうやら僕は冷静ではなかったようだ。

いくら魔術が使えなくて行き詰まっているとはいえ、悪魔召喚は禁術だ。

成功したら最後、なにが起きるかわからない。いくら成功する可能性が低いからって、手を出してはいけない。

だから、僕は魔導書『ゲーティア』を閉じた。

◆

「もうお前には期待しないことにした」

呼び出されたと思ったら、部屋に入って早々父さんはそう口にした。

「あと少しで十五歳になるというのに、未だに魔術が使えないのは正直言って前代未聞だ。お前が唯一の跡取りだというのに、心底がっかりさせられた」

「すみません」

僕は謝ることしかできない。

この国では男子しか、家名を継ぐことができない。

だから、このまま僕が魔術を使えないままだとマズいことになる。

というのも、この国は魔術師しか貴族にはなれない。

このまま僕が魔術を使えないと、この家は貴族の爵位を剝奪されてしまう。

だが、そんなことはわかっていても、僕には魔術が全く使えない以上、どうすることもできないでいた。

「だから、お前をエスランド男爵家から追放することにした」

「は？」

「代わりに養子をとることにした。そいつに、このエスランド家の跡取りになってもらおうと思う」

追い出す？　養子？　跡取り？　唐突に出てきた単語の羅列に、僕の頭は混乱してくる。

そんな話は、今、初めて知ったからだ。

「待ってください！　僕はまだ諦めてはいません」

「だから言っただろう。もうお前には期待しないことにした、と」

期待しないという本当の意味を知って愕然とする。

「そうだ、今からお前に養子を紹介してやろう」

「え？　来ているんですか」

「あぁ、実はついさっきこの家に到着したばかりなんでな」

まさかこんなすぐ養子と顔を会わせることになるなんて。まだ心の準備ができていないのに。

「入れ」

父親の合図と共に、入ってきた人物は僕と同い年ぐらいの少年だった。

「俺がディミト・エスランドだ」

と、彼はそう名乗った。

エスランドと、僕と同じ名字を名乗るってことはすでに養子の手続きを済ませているんだろう。

「いいか、俺様は魔術の天才だ！　だから、平民出身だからって俺のことを舐(な)めたら容赦しない」

彼は堂々とした立ち振る舞いでそう主張した。

平民ということは両親は非魔術師なわけだが、そういった家庭でも時々魔術が使える子供が生まれることがある。

おそらく、彼はそういった例外のような存在なんだろう。

「君がノーマンか？」

「はい、そうですけど」

ディミトは僕の目を見ながら話しかけてきた。

「そうか、君が両親が優秀な魔術師なのに、魔術が使えない無能か」

「え？」

唐突に吐き出された侮辱に僕は戸惑う。

「ホント君は親不孝ものだよね。だけど、もう安心してくれ。この家は俺が守るから」

そう言われて、僕はなにも言い返せなかった。

なぜなら、魔術が使えないことは、どうしようもない事実だったから。

「で、君はいつまでここにいるんだ？」

ディミトが僕のことを見ながらそう口にした。

「お父さん、彼はこの家から追い出すって約束でしたよね？」

「あぁ、そうだったな」

「そういうことだから、早く出て行ってくれ。君のような無能が目の前にいると目障りなんだよ」

「ノーマン、そういうことだ。今すぐ、この家から出ていってくれ」

父さんの口ぶりから、僕を家から追い出すことにしたのは養子のディミトが希望してのことのように聞こえた。

「わかりました……」

僕は弱々しくそう頷くしかなかった。

◆

もう夜も遅いため、家を出て行くのは明日でいいと言われた。

せめてもの温情だろう。

だから、この部屋にいられるのも今日で最後なわけだ。父さんから見放され、しかも突然現れた養子が跡取りになることになったんだ。悔しくはあるが、魔術が使えない以上、どうしようもない。

ふと、魔導書『ゲーティア』が視界に入る。

やはりこの魔導書からは邪悪な気配を感じる。今まで、こんなふうに魔術的な作用を知覚することはなかったのに。

この調子なら、悪魔召喚を成功させることができるかもしれない。

いや……でも、悪魔召喚は禁術だ。成功したら最後、命を奪われてもおかしくはない。

だから、僕は魔導書が視界に入らないように、ベッドへと潜り込んで寝ようと目をつむった。

「…………やっぱ違うな」

むくり、と体を起こしそう口にする。

なぜ、僕は魔術が使えないのだろう？

何度も繰り返した疑問だ。

魔術が使えないせいで、学校の生徒たちからは不当な扱いをされ父親からは見放され、挙げ句の果てには養子に全てを奪われた。

これも全部、僕が魔術を使えないせいだ。

魔術を使えないことを何度呪ったことか。魔術さえ使えれば、こんなことにならずに済んだのに。

けれど、この魔導書があれば、現状をなにもかも変えることができるかもしれない。

確かに、この魔導書に書かれているのは悪魔召喚という得体の知れない禁術で、使ったら最後なにが起こるか予想もできない。

下手したら命を落としてもおかしくない。

でも、僕はどうしても思ってしまうんだ。

魔術が使えるなら、命を賭けるぐらい安いんじゃないかって。

だって、魔術が使えるって才能は僕が喉から手が出るほど欲しかったものだ。

なのに、危険だからという理由で悪魔召喚を試さないのは、やっぱり違う――ッ！

「――我は汝をノーマンの名において厳重に命ずる」

気がつけば僕は魔導書『ゲーティア』を手に取り該当のページを開いて、呪文を口にしていた。

「汝は疾風の如く現れ、魔法陣の中に姿を見せよ。世界のいずこからでもここに来て、我が尋ねる事全てに理性的な答えで返せ。そして平和的に見える姿で遅れることなく現れ、我が願いを現実のものとせよ」

呪文を口にすればするほど、魔導書から流れる魔力が全身を伝い、光となって溢れ出る。

今まで、こんな感触を味わったことはなかった。

「我は汝を召喚する。万物が従う方、その名を聞けば四大精霊はいずれも転覆し、風は震え、海は走り去り、火は消え去り、大地は揺すぶられ、天空と地上と地獄の霊すべてが震える我の名において、命ずる」

紙の上に書いた魔法陣は輝き始める。

さっきから動悸がすごい。心臓がバクバク鳴っている。

これは緊張しているからなのか、それとも高揚しているからなのか、どっちなんだろう？　いや、どっちもか！

「来れ――第五十位、フルカス！」

全身全霊を込めてそう叫んだ。

呪文を言い終えただけなのに、額からは汗が流れ呼吸が荒くなる。

魔法陣はまぶしいぐらい光り始めたと思ったら人影が現れた。何者かが召喚されたんだと確信する。

悪魔召喚という禁術が成功したんだ。

「あ――」

目から涙が零れていた。

僕は感動していたんだ。

今までできなかった魔術が初めて成功した。

この感動を味わえただけで、悪魔召喚という禁術を試してよかったと思えるぐらいに。

そうか、魔術って、使えたらこんなに嬉しいんだ。

こんな感情を味わってしまったら、もっと悪魔召喚を極めたいと思ってしまいそうだ——。


魔法陣により発せられた光でさっきまで視界が悪かったが、その光も今はやみ視界が開けていた。

けれど、まぶしい光を見てしまったせいでまだ目のほうが回復しておらず、前方がよく見えない。

恐ろしい悪魔が目の前にいるんだから、早く目を元に戻さないと。

そう思って、目をこすった瞬間、なにかが足に触れた。

「え——？」

僕はわずかに見えるようになった目でそれを見てしまった。

「これが悪魔……？」

疑問系で言ったのにはわけがある。

というのも目の前にいたのは恐ろしい悪魔のイメージとはひどくかけ離れていたから。

白い髪と白い髭を生やした爺さんだった。

まぁ、魔導書にも爺さんの姿をしていると書いてあったため、それはいい。

そもそも、このフルカスを召喚しようと思った理由が、見た目が爺さんならそんなに怖くなさそうだなって感じだからだし。

だが、今にも死にそうなぐらいよぼよぼな姿をした爺さんなのは、さすがに予想外だ。

しかも、その爺さんは「ぐびー、ぐびー」といびきをあげながら寝ている。さっき足に触れたのは、寝ぼけている爺さんが前方へと倒れたせい。

その爺さんの横には、これまた今にも死にそうなぐらいよぼよぼな小馬がいた。

その馬も案の定眠っている。

あとは錆(さ)びた槍(やり)が落ちていた。爺さんの武器なんだろうか……。

とりあえず、起こしてみるか。

そう思い、僕は「起きてください」と爺さんの肩を揺らす。

けれど、爺さんは鼻提灯を大きくしたり小さくしたりするだけで一向に起きる気配がなかった。

とりあえず起きるまで待つか。

そう決意し、僕は何時間か待っていたのだが、やってきた睡魔に勝てず気づいたときには眠ってしまっていた。

これが初めて悪魔召喚をした日の一部始終だった。

「おい、お主。もう朝じゃ、いい加減目を覚まさぬか」

声が聞こえる。けど、まだ寝ていたいと僕の頭は言っている。

だから無視した。

「むむ……こうなったら最後の手段を使うしかないのう。必殺、百連撃!!」

グサッ、とした感触が体に連続して当たる。

「いったぁあああああ！！！」

飛び起きた。

見ると、槍を振り回している爺さんがいる。

「不審者!?」

咄嗟のことに混乱する。

なんで？　なんで家に槍を持った爺さんが？

まさか泥棒？

もし泥棒なら捕まえないと！

「ふぅ、やっと起きてくれたか」

「確保ぉおおおおおお!!!!」

僕はベッドから爺さんのいるところまでエルボーをかまそうと飛び込んだ。

あれ？

なんていうか、透けたのである。

僕と爺さんの体は重なり、そしてそのまま僕の体は壁にズデンッ、と激突する。

「お主、なぜ壁に向かって飛び込んだのじゃ……」

確かに、端から見れば僕が突然壁に向かって飛び込んだようにも見えるか。

「僕は不審者を捕まえようと……ッ！」

反論しようとそう言いかけて、気がつく。

あ、この爺さん。

昨日召喚した悪魔だ。

すっかり忘れてた。

「えっと、フルカスさんでしたっけ？」

「ああそうじゃ、儂(わし)こそが序列第五十位フルカスじゃ」

そう言ってフルカスさんは見栄を張るためか、胸を張る。

しかし、よぼよぼなせいで爺さんがいくら胸を張ったところで、虚勢にしか見えない。

「本当に悪魔なんですか？」

「お主、もしかして疑っておるのか？」

「いや、そういうわけじゃないんだけど……」

悪魔ってもっと恐ろしいイメージがあっただけに、そのギャップに脳がついていけてないだけだ。

「その、悪魔を初めて召喚したから勝手がわからなくて」

「ほほう、悪魔を初めて召喚じゃと……。初めてで儂を選ぶとはお主中々、先見の明があるのう」

どういうわけだか褒められた。

とりあえず「ありがとうございます」とお礼を言っておく。

「それでお主は儂になにを求めるのじゃ」

フルカスさんはじっと目を見開いてそう口にした。

そっか、悪魔を召喚するってことは、悪魔になにかを命じなくてはならない。

けど、僕は試しに悪魔召喚をしてみただけで、特になにか命じたいことがあるわけではなかった。


いや、違うな。

一つだけ命じたいことがあった。

「その、発火魔術を僕に教えて欲しいんですが」

「ほっほっほっ、儂から魔術を学びたいのか。それはなぜじゃ?」

「それは……」

それから僕はフルカスさんに説明した。

魔術の学校に通っていること。

僕より年下の生徒でも簡単にできる魔術が僕だけできないでいること。

それで生徒には笑われ、親には怒られていることを。

そして、魔術が使えないせいで家を追い出されることも。

「ほう、ずいぶんと辛い思いをしているようじゃが、ふむ、お主が魔術を使えない理由はすぐにわかったのう」

「えっ、なに？」

僕は食い気味にそう聞いた。

魔術が使えない理由がわかれば、対策だってわかるかもしれない。

「お主は非常に悪魔に好かれやすい体質なのじゃ。それはつまり、裏を返せば精霊や天使には嫌われやすい体質でもあるというわけじゃな」

「悪魔に好かれやすい体質……？」

自分がそんなだって初めて知った。

「あぁ、そうじゃ。お主は非常に悪魔を使役する才能に恵まれている」

「じゃあ、僕は悪魔召喚はできても発火魔術はできないってこと？」

「そういうことじゃのう」

「そんな……」

どうしようもないってことを知って僕は俯く。

やはり僕には魔術を操る才能はないようだ。

「じゃが、悪魔の力を借りれば発火魔術に似たようなことができないこともない」

「そんなことができるの！」

途端、僕は顔をあげた。

そうか、この魔導書に書かれた悪魔の中には火を操るのが得意な悪魔もいるのか！

「火を操るとなると、序列第二十三位アイムがおすすめじゃのう」

「そうなんだ!!」

興奮した僕は早速召喚しようと魔導書をパラパラめくる。

「じゃがな、アイムは性格に少々難があってのう」

そうフルカスさんが言ったので、手をとめる。

そうか、フルカスさんが優しいお爺さんのようなので、つい忘れてしまいそうになるが、僕がこれから召喚しようとしているのは紛れもなく悪魔だ。

中には僕を襲おうとする悪魔がいたっておかしくない。

「なら、アイムを召喚するのはやめたほうがいいのかな」

「ふむ、少し遠回りになるかもしれぬが、序列第五十五位オロバスを召喚してみるのはどうじゃろうか？　彼は召喚者に対して忠実じゃ。きっとお主の助けになる」

へぇ、悪魔の中には忠実なものもいるのか。

「ありがとう。早速、そうしてみるよ」

そう言って、魔導書をめくろうとして——

「ちょっとお兄ちゃん！　いつまで寝ているつもり！」

扉がバタンと開く音がした。

妹のネネが扉を開けたのである。

そのネネの隣には、使用人が困った様子で立っていた。

恐らく使用人が僕を起こそうと扉の外から呼びかけていたのだろう。

だけど、いつまで経っても部屋から出てこない僕。使用人の立場では、許可なく部屋に入るわけにいかない。

そこで、イライラしたネネが扉を盛大に開けたといったところか。

ネネが扉を開けて僕は真っ先に、しまったと思う。

今、部屋にはフルカスさんがいる。

下手したら悪魔召喚したことがバレてしまうかもしれない。

仮に、フルカスさんを見て悪魔だと気がつかなくても、僕の部屋に見知らぬ爺さんがいるのだ。

どういう状況よ！　と妹に詰められるのは必至。

「って、起きているじゃないの！　だったら部屋の外から呼びかけたら返事ぐらいしてよ！」

「ご、ごめん。気がつかなくて」

「気がつかないってなにそれ！　私けっこう大きい声出してたよ」

そうなんだ。

フルカスさんと悪魔召喚の話に熱中していたので、そんなこと全く気がつかなかったわけだが。

って、そんなことよりも妹が全くフルカスさんに言及しない。

こんなにも部屋の真ん中に目立つようにフルカスさんとその馬がいるのに。

「ねぇ、なんか言うことないわけ」

ネネは詰め寄るようにそう言う。

フルカスさんには全く目もくれない。

もしかして、フルカスさんのこと見えてないのか？

「わ、悪かったって。今すぐ、着替えるから出てってくれよ」

そう言うと「ふん」と鼻を鳴らしてネネは部屋から出て行った。

「もしかして、フルカスさんのこと見えていない？」

「ああ、そうじゃな。実体化しない限り、儂のことは普通の人間には見えぬよ」

「実体化？」

「ふむ、そうじゃな。実体化についてお主にまだ説明していなかったな」

聞きながら、僕は着替えを始める。

朝ご飯の時間に遅れると怒られるからだ。

「今の儂は肉体を持っていない霊だけの状態じゃ」

「だから、さっきフルカスさんに飛び込んだとき体が透けたのか」

「ああ、そういうことじゃ」

朝、フルカスさんを不審者だと思って飛び込んだことを思い出す。

そのとき、雲を摑むかのようにフルカスさんの体に触ることができなかった。

「あの、フルカスさん。話の途中で申し訳ないけど、早く行かなくちゃいけないみたいで……」

「ほっほっほっ」

と、フルカスさんは独特な笑い声をあげてこう言った。

「構わん構わん。儂のことなど気にせず行っておくれ」

「ありがとう。その……」

僕はなにかを言いかけて口をとめる。

「なんじゃ？」

けれど、フルカスさんはそう言って続きを言うように促してきた。

「その、フルカスさん悪魔なのに本当に優しいなぁと思って」

一度、言うのをためらったのは、悪魔をこんな風に褒めるのは聞きようによっては失礼かもしれないと思ったからだ。

「なぁに。儂は好奇心旺盛な子供が好きなのじゃよ」

そうなのか、と思いつつ部屋を出ようとする。

すると、フルカスさんもついて来るつもりなのか、ずっと部屋で寝そべっていた小馬を起こす。

そして、フルカスさんはその小馬に跨がった。

なんというか、小馬はフルカスさんが乗った瞬間、重さのせいか四本足をブルブルと震わせる。

「大丈夫？」

僕は思わずそう聞いていた。

「ふむ、昔は優秀な馬だったのにのう」

ゆっくりとだったがフルカスさんを乗せた馬は歩き出した。

どうやら霊の状態のフルカスさんは体が透けるので、扉を無視して歩くことができるらしく、僕が扉を開けたままにしておく必要はなかった。

その様子を見て、便利な体だなぁ、なんてことを思ってみたり。

あれ？　でもその状態だと、物も触れないよな。

ふと見ると、フルカスさんの手には錆びた槍があった。

あの槍もフルカスさんの一部なんだろう。だから関係なく触れるのかな。

って、待てよ。

今日の朝。フルカスさんに槍で体を突かれたよな。

霊の状態では物を触れないはず。

だったら槍が僕の体を突くのはおかしくないか？

「ねぇ、フルカスさん。朝、僕のことを槍で突いたよね。霊の状態では僕のこと触れないはずだよね。どうして？」

「ほっほっほっ、そこに気がつくとは。お主、中々素晴らしい洞察力を持っておるのう」

　また褒められてしまった。

　そんな大したことではないと思うのだが。

「理由は単純。儂が一瞬だけ実体化したのじゃ」

「え？」

　そんなことできるのか、と思って驚く。

「実体化すれば、儂は普通の人間のように動けるし、他の人間にも姿が見えるようになるのじゃ」

　そう言って説明をした。

「じゃが、本来は召喚者の許可なく実体化してはいけないのじゃ。だからお主を起こすためとはいえ、すまぬことをしたのう」

「別に怒ってはいないけど」

「ほっほっほっ、お主は器が大きいのう。しかしな、一つ真面目に聞いて欲しいのじゃが」

　そう言ってフルカスさんはこっちを見る。

　なんだろう、と思い僕もフルカスさんの方を見る。

「今回は儂じゃったからよかったが、もし悪意のある悪魔が同じことをした場合、どうなるか考えておくれ」

もし、悪意のある悪魔が僕の許可なく勝手に実体化したら……。

実体化したらどんな悪さだってできてしまうだろう。

「いいか、悪魔を使役するということは、いかに悪魔を自由にさせないかの一点に尽きる。もし、悪魔がお主の意思に従わずに、なにかをしようとしたときには、召喚師の力でそれを止めねばならぬのだ」

そういえば魔導書には拘束の呪文や退去の呪文があった。

それらを使って悪魔を使役しろってことなのか。

「わかりました」

僕はフルカスさんの言葉に心から頷いた。

「と、そうだ。よければ召喚しないほうがいい悪魔を教えてくれませんか?」

「ほっほっほっ、知識に貪欲な少年はやはりよいのう。よかろう。では、二人の名前を今から教えようじゃないか」

愉快そうにフルカスさんは笑うと、こう口にした。

「序列第十三位ビュレット。そして第三十二位アスモダイ。この二体の悪魔は特に注意したほうがよい。どちらも非常に強力だが、非常に反抗的だ」

ビュレットとアスモダイ。

二体の名前を胸に刻む。

と、ひとつ別の疑問が浮かんだ。

「非常に強力って、つまり他の悪魔より強いってこと？」

「ああ、そういうことじゃ」

「てっきり序列第一位のバエルが一番強いんだと思っていた」

「ほっほっほっ、確かにバエルも最強の悪魔の一人ではあるが、しかし序列の順番と強さは全く関係がない」

「じゃあ、この序列ってのにはどういう意味が？」

「ほっほっほっ、それは儂にもわからん」

そう言って、フルカスさんはニコッと笑う。

なんだそりゃ、と思ったが、もしかしたら序列には大した意味がないのかもしれない。

「お兄ちゃんっ！　お父さんが呼んでいるから早く来て！」

と、遠くからネネの声が聞こえる。

思わずフルカスさんと立ち話に熱中してしまっていた。

これ、端から見たら僕がずっと独り言を言っている感じに見えるよな。気をつけないと。

「じゃあ、フルカスさん。行ってくる」

こう言って、一先ずフルカスさんとの会話は打ち切りとなった。

◆

「なんだ、まだ君、この家にいたんだ」

食堂へと行くと、養子のディミトがすでに立っていた。

「えっと……」

僕はどうしていいかわからず、うろたえる。

「ねぇ、誰よ、こいつ」

そんな中、妹のネネは堂々とした立ち振る舞いで、そう口にする。

そうか、ネネだけはまだディミトのことを知らないんだ。

「おいおい、誰とはひどい言い草じゃないか。俺は君の新しいお兄ちゃんなんだから」

「ちょっと、どういうことよ、お父さん！　私聞いてないんだけど」

「ネネにはまだ言ってなかったな。ディミトは跡取りにするために養子にしたんだ」

「そ、そうなんだ」

流石に、突然の養子の話に驚いたようでネネは動揺していた。

「それで、無能なノーマン。君はいつまでこの家にいるんだ？　昨日、すぐに出て行けと言ったはずだよね」

父さんが了承している以上、僕は頷くしかない。

「ちょ、ちょっと、流石にそれは酷いんじゃないの⁉」

けれど、妹のネネがそれに反発した。

「おい、妹だからって俺に反発して許されると思うなよ。俺はこの家の跡取りだよ」

「だからって、おかしいでしょ。お父さんもなにか言ってあげてよ」

「そうだね。ディミトの言うとおりだ。ノーマン、早くこの家を出て行きなさい」

「ちょ――」

ネネがなにか言いたそうにしていたのを腕を摑んで止める。

「いいんだ、ネネ」

そう言うと、ネネはまだなにか言いたそうにしていたが、口をつぐんで俯く。これ以上文句を言ってても仕方がないってことを察してくれたらしい。それに、ネネが反対してくれただけで、僕は十分嬉しい。

「今まで、お世話になりました」

最後に別れの挨拶だけでもと思い、僕は頭を下げた。

◆

「ふむ、なんだか大変なことになったのう」

家を追い出された僕に対し、悪魔のフルカスさんがそう話しかけてくる。

ちなみに、家でのやりとりは全部フルカスさんに見られていた。といっても、やはり僕以外には
フルカスさんのことは見えないので、誰もその存在に気がつかなかったが。

「仕方がないです。僕は魔術が使えない落ちこぼれですから」

「ふむ、儂から言わせれば、お主ほどの才能に恵まれた存在を追い出すとは、あの者たちの目が節
穴だとしか思えんかったがのう」

僕が才能に恵まれているだって？

そんな馬鹿な、と僕は苦笑した。

第二章　序列第五十五位オロバス

追い出された僕は、僕のために父さんが用意した家に向かった。

「うわっ、すごいボロ屋だ」

その家に着いた僕はそう口にする。

見るからにいつ崩れてもおかしくないような家だ。鍵を開けて中を見ると、案の定ホコリだらけでとても住めるような場所ではなかった。

まぁ、家がないよりはマシだと思うしかないだろう。

十五歳まで最低限の面倒を見てやるということで、この家は父さんが用意したものだ。

それと、十五歳までは最低限食いつないでいけるようなわずかなお金ももらった。

それまでに仕事を探せということだろう。

僕は、悪魔を召喚するのに必要な魔導書『ゲーティア』と悪魔召喚に必要な魔法陣が描かれた紙をこっそり持ってきていた。

「よし、それじゃ第五十五位オロバスを召喚しよう！」

家に着いて早速、僕はそう宣言した。

オロバスはさっきフルカスさんがおすすめしていた悪魔だ。

「ふむ、その前にやることがあるじゃろ」

気合を入れたところ、フルカスさんにそう言われる。

やることってなんだろう？

「今のお主では、一度に二体の悪魔を召喚するのは難しいじゃろう。ゆえに、儂を呪文で退去させてからじゃないと、新しい悪魔を召喚することは不可能じゃよ」

「そうか……」

頷く。

けれど、せっかくフルカスさんと仲良くなれたのに、もうお別れなのは少し悲しいかも。

「なぁに、また聞きたいことがあったら、儂を召喚しておくれ」

僕の思いに気づいたのかそう言ってくれる。

確かに、また会いたくなったら、そのとき召喚すればいいだけだ。

「それじゃあ退去の呪文を唱えるよ」

そう言って僕は魔導書を開く。

「――汝、第五十位フルカスよ。汝は我が要求に熱心に応えたので、我は汝に適切な場所へ退去するのを許可する。汝は我が魔術の神聖な儀式により召喚したらすぐにまた来るように準備し続けよ。我は平和的に静かに退去するよう命ずる」

魔導書に書かれていた通りの呪文を言い終えると、フルカスさんは少しずつ消えていく。

「そうじゃ、一つ言い忘れておったが、夜八時から朝四時の間は儂はぐっすり眠っておるから、召喚するならその時間以外で頼むぞ」

という言葉を残して、フルカスさんは消えていった。

そういえば昨日召喚したときは、フルカスさんがぐっすり眠っていたのを思い出す。夜遅くに召喚したからな。フルカスさんはもう寝ている時間だったのか。

しかし、八時に寝て四時に起きるとか、一般的な年寄りとそう変わらないな。

「よし、次の悪魔を召喚しよう」

そう言って、僕は頭を切り替える。

「ええっと、序列五十五位オロバスだよな」

魔導書をオロバスのページのところまでめくる。

魔法陣は昨日、フルカスさんを召喚したのと同じのを使っても問題ないだろう。

よし、召喚の呪文だ。

「――我は汝をノーマンの名において厳重に命ずる。汝は疾風の如く現れ、魔法陣の中に姿を見せよ。世界のいずこからでもここに来て、我が尋ねる事全てに理性的な答えで返せ。そして平和的に見える姿で遅れることなく現れ、我が願いを現実のものとせよ。我は汝を召喚する。万物が従う方、その名を聞けば四大精霊はいずれも転覆し、風は震え、海は走り去り、火は消え去り、大地は揺すぶられ、天空と地上と地獄の霊すべてが震える我の名において、命ずる。来れ（きた）――第五十五位、オロバス!!」

呪文の内容は最後の部分だけ変えれば問題ないらしく、ほとんど一緒だ。

魔法陣が光りだす。

「あなたがわたくしのマスターですか？」

まず男にしては甲高い声だな、と感じた。

光が消え、目が開けられるようになって、その姿を見て僕は驚かずにはいられなかった。

そこにいたのは、上半身が馬で下半身が人間の馬男だったからだ。

「えっと、あなたがオロバスさんですか？」

戸惑いながらも、目の前の馬人間に僕はそう尋ねた。

「おぉー！　マスターなのに、なんて礼儀正しい子なんでしょう！　わたくし超ぉおおお感動してしまいましたぁあああ!!　そして、あなたの質問にはもちろんイエス！　わたくしこそが、マスターの忠実なるしもべであり、奴隷でもあるオロバスでぇす！」

なんか、なんかやばい人だ。

あ、悪魔だからやばい悪魔か。

ただ敬語でしゃべっただけで礼儀正しくて感動って、おかしすぎるだろ。

「それで、マスター！　わたくしになんのご用でしょうかぁ！　命令とあれば、床掃除でもトイレ掃除でもなんでもこなしますよぅ！　それとも、マスターの体を掃除しましょうか！　わたくし、

この長い舌が自慢でして、この舌をレロレロレロってさせればどんな汚れも落ちる優れ物なんですぅううう！」

オロバスさんはそう言って、長い舌を出してくねくね曲げ始める。

うわぁっ、素直にきもい。

「えっと、オロバスさんには……」

「オロバスさん！　今、オロバスさん！　と言いましたか。この愚生にさん付けとは、なんて寛大なマスターなんでしょう。わたくし感動で感動で、涙が止まりません！　ですが、マスター、わたくしにさん付けなどの敬称、不要でございます！　わたくしのことはどうかオロバスと呼び捨てでお呼びください！」

「それじゃぁ、オロバス……」

「おぉーっ！　マスターがわたくしの願いを聞いてくださるとは！　なんて感動的な瞬間でしょうか！」

そう言って、オロバスはオロオロと泣き始める。

やばい、この悪魔、一緒にいるだけで疲れる。

フルカスさんはオロバスは忠実な悪魔だと言っていたけど、まさかここまでとは……。

ちょっとドン引きするレベルだ。

「それで、マイマスター。このわたくしめに一体どのような命令をくださるのでしょう」

そう言って、オロバスは片膝をついて頭を下げた。

「えっと……」

それから僕はオロバスに説明した。

発火魔術を使えるようになりたいこと。

そのためには、序列第二十三位アイムを召喚する必要がある。

けれど、アイムは少々厄介な性格をしているため、先にオロバスを召喚したほうがいいとフルカスさんに助言を受けたことも。

「確かに、悪魔の中にはマスターに害をなす身の程知らずもいますからね。ですが、安心してください！　このわたくしがいれば、マスターに傷一つつけさせやしないと、誓うことができます！」

オロバスは大見得を切った。

このオロバスは性格に多少難があるかもしれないが、召喚者に対して忠実である、という一点においては信用できる、そんな気がした瞬間だ。

「だけど今の僕では、一度に一体までしか悪魔を召喚できないな……」

もし、アイムを召喚させようとした場合、オロバスを一度退去させなくてはならない。

そうなった場合、僕は無防備だ。

「マイマスター、一つ助言をしても差し支えないでしょうか？」

「助言？　うん、ぜひ聞きたいな」

別に助言を言うぐらい、僕の許可なく言えばいいのに。

「では、このわたくし、特訓をすべきではないかと愚案いたします」

「特訓か……」

まぁ、必要なことだよな。

悪魔召喚に関して、まだまだ知らないことも多いし。

「よし、じゃあ特訓をしよう」

「マスターがわたくしの愚案に賛同なさるとはっ‼　なんて感激なんでしょう！」

だから反応が一々大仰すぎる。

「だけど特訓って具体的になにをすればいいんだ？」

「マイマスター、このわたくしめに助言の許可をいただけないでしょうか？」

「あの、オロバス。助言をするのに、一々僕の許可とらなくても言っていいから」

「な、なんと！　愚生にそのような許可をいただけるとは！　我がマスターはなんと寛大な方なのか！」

とか言って、オロバスはまた泣き始める。

あ、今ちょっとイラッとした自分がいたな。

「それでオロバス。助言とやらを教えてくれないか」

「はっ。やはり反復練習こそ、特訓の基本かと思います」

「反復練習か……」

「やればやるほど、短い詠唱でも召喚できるようになりますし、マスターなら無詠唱でも魔術の行使が可能になるかと」

「そっか。じゃあ、召喚魔術を何度も繰り返してみよう」

オロバスの助言通り、反復練習をすることにする。

けど、今の僕は一度に一体までしか召喚できない。

だから召喚を繰り返すには、まずオロバスを退去させる必要があるな。

「よし、じゃあ、まずオロバスを退去させるか」

「ま、マスター！　わたくしめを退去させるのはどうかおやめいただきたい！」

「えっ、でも、またすぐ召喚するし……」

「それでも嫌でございます！　わたくしはマスターと片時も離れていたくないでございます！」

「でも、召喚魔術を練習したいし……」

「で、でしたら！　拘束の呪文を練習するのはどうでしょうか！　わたくし拘束されるのは全く問題ありません！　むしろ大歓迎なぐらいであります!!」

「なら、拘束の呪文の練習をするか」

まぁ、拘束の呪文も練習しなくちゃならないのは事実だし、いいか。

「マスター！　わたくしのようなものの願いを叶(かな)えてくれるとはなんて素晴らしい方なんだぁ！」

またオロバスは大仰に感動していた。

と、そうだ。

「そろそろ学校に行かないと」

家を追い出されたり悪魔を召喚したりと、色々あったから忘れていたが、そろそろ学校に行かないと遅刻してしまう。

こうして実家を追放された身ではあるが、学校を退学になったわけではないので通っても問題はないだろう。

「ほう、学校ですか……」

オロバスは興味をもったようにそう呟く。

「オロバスはここで待っていて」

オロバスを学校に連れて行くと面倒そうだしな。

「はっ、つまりこの部屋の警護をしろ、との命令ですね。かしこまりました」

さっき「マスターと片時も離れたくない」と言っていたので、もしかしたらついて行くとわがままを言うのかもしれないと思ったが、すんなり頷く。

あくまでも退去が嫌なだけのようだ。

「マスター、一つお願いが」

「ん、なに?」

「よろしければ実体化の許可をいただきたいのです。わたくしが警護している間、不審な人物が侵入した場合実体化していないとが捕まえることできないのでございます。それに、できれば警護している間、マスターの部屋の掃除などを行いたいのでございます！」

　確かに、実体化してないと色々と不便なのは間違いないようだ。

「でもなー、オロバスの姿を他の人に見られるわけにいかないしなぁ」

　誰かが馬人間と遭遇したら、大パニックになるのは間違いない。

「それなら安心してください！　わたくし実体化すると、普通の人間のような姿にもなりますので！」

「えっ、そうなの！　やってみて」

「かしこまりました！」

　そう言ってオロバスは実体化した。

　途端、馬人間から普通の人間に変身する。

　人間になったオロバスは中々ダンディな姿をしていた。

「まぁ、これなら問題はないか。じゃあ、極力他の人には見られないようにしていてね」

「はっ、かしこまりました。では、行ってらっしゃいませ。マイマスター」

　オロバスはそう言って、僕のことを見送ってくれた。

「おい、ノーマンのやつ。まだ懲りずに学校に来ているよ」

「知っているか？　あいつルドン先生に退学勧告出されたらしいぜ」

「へぇ、まじかよ。なのにまだ学校に来ているのか」

僕が通るたびにすれ違った生徒たちが噂を始める。

以前なら、そのたびに僕は気が沈む思いをしたが、今は平気だ。

僕には悪魔という味方がついている。

まぁ、悪魔召喚は禁術ゆえに人に言うわけにはいかないが。

「よう、ノーマン。お前、未だに基礎的な魔術も使えないんだってな」

「リーガル」

ふと見ると、リーガルがあざ笑いながら話しかけきた。

リーガル。

僕の古くからの知り合いだ。

昔からいじめっ子の気質があり、魔術が使えない僕のことをよく馬鹿にしてきた。

ちなみにリーガルは僕と同い年だが優秀で、すでに発展コースに在籍しているのはもちろん、この学校でもトップクラスに優れているらしい。

「まぁね」

僕は聞き流すような感じで返事をする。

「なんだその生意気な態度は」

だが、僕のとった態度が気に入らなかったのか、リーガルは僕の襟首を摑んで引き寄せる。

「別に、そんなつもりはなかったけど……」

事を荒立てたくないので、そう言って穏便に済まそうとする。すると、リーガルは「まぁ、いい」と言って手を離した。

「あぁ、そうだ。俺、この調子だと、ゼノクス高等魔術学院に合格できそうなんだよ」

ゼノクス高等魔術学院。国内でもトップクラスの学院。

もし合格できたら、すごい自慢になる。

「それはすごいね」

「お前はこのまま魔術が使えないと貴族ですらなくなるものな」

この国では貴族とは魔術が使える者のことだ。

もし、このまま魔術を使えないままでいたら僕は平民に格下げとなる。

それに僕には男の兄弟はいない。

ゆえに、僕が平民になる、それはつまりエスランド家が途絶えると同義だ。

だから、父親は養子をとることでエスランド家が存続することを選んだ。

「けど、その問題もあと少しで解決できそうなんだ」

「はぁ？　解決するって、魔術が使えるようになるってことか？」

「うん、僕が魔術を使えない原因が最近やっとわかってね」

「おいおい、なんだそりゃ？　ぜひ、その原因とやらをお聞かせ願いたいねぇ」

あ、やばい。

つい調子に乗って喋りすぎてしまった。

悪魔召喚のことを話すわけにはいかないしな。

「えっと、それはどうしても言えないんだ」

「はっはっはっ、デマカセを言うにも程があるだろ」

リーガルはよほど面白かったのか、腹を抱えて笑い出す。

「別にデマカセってわけじゃないんだけど……」

まぁ、無理に信じてもらう必要もないし、このままでいいか。

「それで、いつ魔術が使えるようになるんだよ？」

「おそらく一週間後とかかな」

一週間後に使えるようになる根拠はないけど、そう言ってみる。

第二十三位アイムの力を借りられるようになったら使えるようになるのは間違いないだろうし、恐らく大丈夫だとは思うけど。

「言ったな」

リーガルはニヤリと笑った。

「じゃあ、一週間後にこの俺と決闘をしろ。もちろん魔術を使ってな」

この学校では、よく生徒同士で魔術を用いた決闘が行われているのはもちろん知っている。

当然、魔術が使えない僕は参加したことがない。

流石に急に決闘をするのはなぁ。

「おい、みんなよく聞け！　このノーマンはどうやら一週間後に突然魔術を使えるようになるらしいぞ！」

不意にリーガルは他の生徒たちに聞こえるように大声を出した。

「だから一週間後に、本当に魔術が使えるようになったのか、この俺が決闘で確かめてやることにした！」

そうリーガルは言うと、周りにいた生徒たちはざわざわし始める。

「おいおい、基礎魔術も使えないノーマンが一週間後なら使えるようになるだって?」

「そんな馬鹿げた話があるか」

「リーガルにボコられて終わりだろうな」

「これじゃあ賭けも成立しねぇ」

「リーガルの虐殺ショーが見れるのか。おもしろそーじゃん」

「おいおい、どうせノーマンは逃げ出すに決まってらぁ」

生徒たちの会話はこんな感じだ。

誰も、僕が魔術を使えるようになると信じている者はない。

まぁ、当然の反応だよな。

「当日楽しみに待っているぜぇ」

ギロリとした目つきでリーガルは睨みつけてくる。

僕は一言も決闘に参加するとは言っていないのに。

「わかったよ……」

もう断れる雰囲気じゃなくなってしまった。

◆

「ノーマン、一週間後にリーガルと決闘するそうだな」

授業中、ふとルドン先生がそう言って話しかけてきた。

「えっと、そうですけど……」

そう僕が返事をすると、それを聞いていた他の生徒たちがクスクスと笑い始めた。

この様子だと、決闘のことは生徒はおろか先生たちにも知られているようだ。

「まぁ、色々言いたいことはあるが。怪我には気をつけろよ」

ルドン先生はそれだけ言うと、授業に戻っていった。

決闘を止めるつもりはないらしい。

まぁ、この学校は生徒同士の問題に先生はあまり首を突っ込まないからな。

それにしても今授業が行われているけど、僕には一般的な魔術が使えないとわかった以上、聞いていてもあまり意味がないんだよな。

「この空気中には、目に見えないぐらい微細な精霊たちが漂っている。皆も目をつぶれば、その気配を感じることができるはずだ。いかに、それらの精霊と対話できるかが魔術の基本である」

と、ルドン先生は講義をしている。

目をつぶってみるが、やはり精霊の気配というのはどうしても感じられない。

試しに、悪魔の気配を感じてみるか。

瞬間、僕のかばんからどす黒い気配を感じた。

確か、かばんには悪魔を召喚する魔導書『ゲーティア』が入っていたはず。

なるほど、悪魔の気配なら感じられるのか。

「あと、大事なのはイメージである。頭の中で精霊たちがどう動き、どう変化するか詳細に思い描けば描けるほど、精霊たちをたやすく操ることができるようになるわけだ」

なるほど。

なら僕の場合は悪魔がどう動き、どう変化するかを詳細にイメージすればいいのか。

なので実際に思い出してみる。

オロバスが召喚されたときのことを。

ただし目で見た情報だけでなく、その際発した魔力の流れ。オロバスの息遣いや鼓動。魔法陣がどのように起動したのか、そういった細かいものまで頭の中でイメージしていく。

すると、意外にもあっさりとイメージができた。

ふむ、あの長い呪文。

いくつか無駄があるな。

省略しても問題なさそうだ。

そうか、こうやってみんな魔術を勉強していくんだなぁ。

今までわからなかった感触がすっかり理解できるようになって、非常に気分がよかった。

そんな感じで、ルドン先生の授業を悪魔に置き換えて僕は話を聞くのであった。

◆

「おぉ、本当に部屋がきれいになっている」

「はい、マスターのために必死に精一杯やらせていただきました！」

オロバスがそう言うだけあって、あんなにホコリっぽかった部屋が光沢を放つほど、きれいになっている。

ここまできれいになるとは、流石に想定外だ。

どうやって、こんなにきれいにしたんだろう。まさか、自己紹介のときに言ってた通り、舌でペロペロとなめたわけじゃないよな……。

うっ、深く考えるのはやめよう。

「もしかして、他の家事も得意だったりするの？」

「ええ、掃除以外にも料理や洗濯など家事全般が得意であります」

おー、悪魔なのに随分と器用なんだな。

今まで家事なんて使用人がこなしていたから、一人になってからどうしようかと悩んでいたけど、オロバスに頼めば問題なさそうだ。

「だったら、他の家事もお願いしてもいいかな？　もちろんオロバス一人にやらせるのは悪いから、僕も手伝うけど」

「そんなっ！　マスターのお手を煩わせるわけにはいきません！　わたくし一人で十分でございます！」

「そういうことなら、お願いしようかな」

そんなわけで、僕と悪魔の奇妙な共同生活がこうして始まるのだった。

第三章　序列第二十三位アイム

「よし、それじゃあ魔術の特訓をしよう」

早速僕はそう提案した。

「かしこまりました、マスター。わたくしも手伝わせていただきます」

実際のところ、僕は早く魔術の特訓がしたくてたまらなかった。

やっとこの時がきた！　という感じである。

「それじゃあ朝言ったとおり、拘束の呪文の特訓を始めようと思う」

魔導書『ゲーティア』によると、拘束の呪文とは、悪魔が召喚者の意に反してなにかをしようとしたとき、悪魔を動けなくする呪文とのことだ。

「ならば、わたくしが動けなくなったのがわかりやすいよう、常に動いていますね。そうですね……ダンスでも踊っています」

といって、オロバスはダンスを踊り始めた。

妙にキレキレなダンスである。

ホントこの悪魔、多芸だな。

さて、特訓を始めるべく、まず魔導書の拘束の呪文が書かれているページを開く。

　そして呪文の詠唱を始めた。

「――我は汝（なんじ）、第五十五位オロバスに厳重に命ずる。我は汝を拘束する。速やかに、その場にとどまり一切の行動を禁止する。我の命令のみを聞き入れたまえ。汝が我に服従しないのであれば、我の名において、汝を呪い、汝から全てを奪うであろう」

　途端、ダンスを踊っていたオロバスはピタリと固まった。

　成功したのか?

「オロバス、全く動けない感じか？」

「そうですね……」

　オロバスはそういうと、気合を入れ始める。

　そして、「ふんすっ！」とオロバスが鼻から息を出すのと同時に、体が動き始める。

　拘束が解けたのだ。

　再び、オロバスはダンスを踊り始めていた。

「がんばれば、拘束を解くことができました」

「そうか、とりあえずもう一回やってみる」

　それから何度も試してみたが、うまくいくことはなかった。

「やっぱり僕には才能がないのかなぁ」

　思わず嘆いてしまう。

「いえ、そんなことはないかと存じます。マスターほど、才覚溢れる人をわたくしは今まで見たことがありません」

「なんで、そう言い切れるんだ？」

「それはマスターがわたくしを半日以上召喚し続けても平気でいられるからです。普通なら、悪魔を召喚するだけでも多大な体力と魔力を消費し、中には気絶するものもいるくらいです」

「そうなのか」

そう言われるとなんだか自信とやる気が溢れてきた。

よし、と気合を入れてもう一度拘束の呪文に向き合ってみる。

何度やっても成功しないということは、根本的になにかが間違っていると考えるべきだ。

そうだ、ルドン先生は魔術を発動させるさい、頭の中で明確にイメージしたほうがいい、と言っていた。

この場合はなにをイメージしたほうがいいんだろう。

拘束といえば……手錠、鎖、縄とかか。

オロバスが縄でぐるぐる巻きにされて動けない光景をイメージしよう。

今度は、それをイメージした状態で拘束の呪文を唱えてみた。

「うっ……」

すると、オロバスはさっきよりもキツそうな反応を示した。

だが、

「ふんぬッ‼」

ビリビリビリッ！　となにかが破れるような音がして拘束が解けた。

「さっきよりは明らかにキツかったであります……」

そう言ったオロバスの鼻息が荒かった。

拘束は解かれてしまったが、確実に進歩している。

しかし、これ以上強くするにはどうしたらいいんだろう？

もう一つルドン先生に教えてもらったことがあった。

目を閉じて精霊の呼吸を感じよ、と。

僕の場合は悪魔だけど。

僕は目を閉じる。

すると、オロバスが放つ莫大（ばくだい）な魔力を肌で感じた。

しかしよく観察してみると、その魔力は血のように絶えず流れていた。

もし、この魔力の流れを止めたらどうなるんだろう？

ふと、そんな考えが浮かぶ。

よし、やってみよう。

そう決意し、川をせき止めるダムのように魔力の流れをせき止めるイメージを頭の中で明確に思い描く。

そして、その状態で拘束の呪文を唱えた。

「────ッッ!!」

オロバスは苦しそうな表情になる。

今度こそ手応えがあった。

オロバスは喋(しゃべ)ることすら困難なぐらい、微動だにせずに固まっている。

「喋るのを許可しよう」

僕がそう許可を出すと、オロバスが口を動かし始めた。

「マスター、おめでとうございます。わたくし、全く身動きがとれません」

どうやら拘束の呪文を完璧に実行することに成功したようだ。

◆

「それじゃ今日は序列第二十三位アイムを召喚しよう」

拘束の呪文を覚えた次の日。

念願のアイムを召喚する日がやってきた。

それに今日は学校が休みなので一日中特訓ができる。

「そのためにも一度オロバスを退去させて……」

「マスタぁあああ!!　わたくしを退去させるのはどうかお止めください!!」

やはりというか、オロバスは退去されるのを嫌がった。

まぁ、いいんだけど。

拘束の呪文を特訓して地力もついた気がするし、二体同時召喚もなんとかできそうだ。

よし、まず魔導書のアイムのページを開いて、と。

それから魔力の流れを意識して、かつ頭の中でイメージをする。

でも、イメージってどうすればいいんだろう。

アイムって悪魔がどんな姿をしているのかわからないしな。

けれど、魔導書のアイムのページからアイム特有の魔力が溢れ出ているのはなんとなくわかった。

その魔力を引っ張る、そんなイメージを思い描いてみる。

「――我は汝をノーマンの名において厳重に命ずる。汝は疾風の如く現れ、魔法陣の中に姿を見せよ。世界のいずこからでもここに来て、我が尋ねる事全てに理性的な答えで返せ。そして平和的に見える姿で遅れることなく現れ、我が願いを現実のものとせよ。我は汝を召喚する。万物が従う方、その名を聞けば四大精霊はいずれも転覆し、風は震え、海は走り去り、火は消え去り、大地は揺すぶられ、天空と地上と地獄の霊すべてが震える我の名において、命ずる。来れ（きた）――第二十三位、アイム！」

以前、詠唱を省略できそうだと思ったが、まだ三回目の召喚ということで、念の為の意味も込めて全文読み上げた。

すると、部屋にあった魔法陣が光りだした。

成功したようだ。


魔法陣から現れたのはイケメンだった。

サラサラな金髪に高い鼻、目もくっきりしている。

どこからどう見てもイケメンである。

「この俺様を呼び出したのはお前か？」

イケメンには似合わないしゃがれた声。

「えっと……」

困惑したのにはわけがある。

一見、アイムはただのイケメンの姿をしているように見える。

けれど、二つおかしな点があった。

一つ目は右手が猫の頭になっている。

二つ目は左手が蛇の頭になっていた。

口を開いて喋っているのは猫の頭だった。

イケメンは口を固く結び、表情を変えない。

「おい、さっさと答えないか！　人間！」

やはり猫が口を開いてしゃべっている。

右手の猫が本体なんだろうか？

「はい、そうです。僕、ノーマンがあなたを召喚しました」

「この俺様を召喚し使役しようとは、この身の程知らずの人間がァ‼　燃やしてしまおうかァ！」

反抗的だ。

けれどフルカスさんやオロバスが異端なだけで、悪魔というのは本来こういった姿が正しいのかもしれない。

「貴様ぁああああああ‼　マスターになんたる侮辱！　心優しいマスターがお許しになっても、わたくしが許さないぞ‼」

「むむっ、変態のオロバスもいたのか」

あ、やっぱりオロバスって悪魔から見ても変態って認識なんだ。

「オロバス落ち着いて、僕が話をするから」

「はっ、心得ましたマスター」

そう言ってオロバスは一歩下がる。

変なところはあるけど、オロバスは素直に言うことを聞いてくれるので、その点はありがたい。

「ほう、二体の悪魔を同時に召喚したのか。ただの人間というわけではないらしい」

アイムは僕のことを少し認めてくれたらしい。

「アイムさん、あなたにお願いがあって召喚しました。ぜひ、聞いてくれませんか？」

「言ってみろ、聞くだけ聞いてやる」

「僕に発火の魔術を教えてほしい」

「ほほう」

と、アイムは考えるそぶりをしてから、こう答えた。

「嫌だ」

どうやら交渉失敗のようである。

「いいか人間！　よく聞け！　確かに俺様は火の魔術が得意だ！　そして俺様は火が大好きだァ！だが、俺様がもっと大好きなのは火で燃えた建物だァァ！　手始めにこの家から燃やしてやるぅぅうううう!!」

「やばい、暴走した！」

早く、拘束の呪文を唱えないと。

けれど、拘束の呪文は時間がかかる。

唱え終わる前に、家が燃やされる！

「マスター！　わたくしめにお任せください！」

オロバスがアイムに飛びかかった。

「貴様ァ！　邪魔をする気か！」

アイムは対抗すべくオロバスを火で燃やす。けれど、オロバスは火を物ともせずアイムを羽交い締めにした。

今のうちに！

「――我は汝、第二十三位アイムに厳重に命ずる。我は汝を拘束する。速やかに、その場にとどまり一切の行動を禁止する。我の命令のみを聞き入れたまえ。汝が我に服従しないのであれば、我の名において、汝を呪い、汝から全てを奪うであろう」

「ぐふっ！」

そう言って、アイムは固まった。

ふぅ、間一髪家が燃えるのは避けられた。

「アイム、喋るのを許可する」

「人間にここまで虚仮にされたのは久しぶりだ」

そう言って、アイムは僕のことを睨みつける。

「アイムさん、できれば僕はあなたとも友好的な関係を築きたい」

「俺様はその変態のオロバスとは違う。俺様が人間と仲良くするわけがないだろ」

これが一般的な悪魔の価値観なんだろうか。

だけど、悪魔を無理やり従わせるというまねはしたくないしな。

どうすればいいんだろう。

「ならお互いに利用しあうのはどうだろう。僕はアイムさんから発火の魔術を習いたい。アイムさんは僕になにかしてほしいことはないですか？」

「あくまでも対等な関係ってわけか……」

そういうとアイムは考えはじめる。

「やはり俺様の望みはひとつだ。俺様が好きなのは燃える建物だぁ。建物内で絶叫をあげ悶え死ぬ人間がたまらなく好きだ。お前がそれを叶えてくれるのか？」

流石に無理だ。

そんなの叶えられるわけがない。

けど、叶えられないといったらアイムは僕に発火の魔術を教えてくれないだろう。

「アイムさん、僕はこれから悪魔召喚を極めたいと思う。もし、うまく極められたら僕は魔術師として認められるはずだ。魔術師になれば戦争に参加する機会があるかもしれない。そのとき、アイムさんの望みを叶えられるかもしれない」

自分で言ってなんて曖昧な話だ、と思う。

「はっはっはっ、人間。もっと交渉術を学ぶべきだな」

アイムは反抗的な目でそう言う。

やはり交渉は失敗か。

「人間、悪魔召喚を極めたいというのは本当か?」

「それは、本当だけど」

「それはなぜだ?」

そう言われると、なぜなんだろう。

両親や学校の生徒たち、僕を無能と罵ったやつを見返したいから?

いや、違うな。

「楽しいんだ。今まで他の生徒たちが普通にこなせた魔術を僕はずっとできなかった。けれど、今は僕も自分の魔術を極められる。それがとても楽しい」

「悪魔召喚を極めるのが楽しいか。くはは、貴様の運命を見てみるのもおもしろいかもしれない」

「えっと、僕に協力してくれるということ?」

「ああ、そういうことだ」

やった、これでやっと発火の魔術を学ぶことができる。

「アイム、自由にしていいよ」

そう言ってアイムにかけられた拘束を解いた。

「よろしく、アイム」

そう言って、僕は右手を差し出す。

けれど、よく考えたらアイムの両手は猫と蛇なので握手ができないのか。

「勘違いするなよ人間。協力するとは言ったが、貴様と仲良くするつもりは毛頭ない」

そう言ってアイムはそっぽを向いた。

どっちにしろアイムに握手する気はないらしい。

「マスタぁあああああああ!!　わたくし、マスターの気高き勇姿にいたく感動いたしましたぁああああああ！」

ふと見ると、オロバスが泣いていた。

いったい今のやりとりのどこに泣く要素があったんだ……。

「ホントこいつは意味わかんねぇやつだな」

ボソリ、とアイムが言った。

うん、僕もアイムの気持ちに同感だ。

◆

アイムとオロバスの三人で、近くにあるちょっとした原っぱに来た。

流石に部屋の中で火の魔術の練習をするわけにいかない。

ちなみに二人とも霊の状態、言い換えると霊体となっている。

だから、他の人からは僕の姿しか見えていないはずだ。

一応、霊の状態でも魔術を使えるのかアイムに聞いてみたところ問題ないとのことだった。

「人間、まず俺様の魔術を見せてやる」

相変わらず喋るのはアイムの右手の猫だった。

アイムは近くにあった木に左手、つまり蛇の頭で触れる。

瞬間、宙に魔法陣が現れたと同時。

木が盛大に燃えた。

「おぉー」

無詠唱での魔術の使用。

熟練の魔術師でも難しいとされることを簡単にやってのけた。

流石、悪魔といったところか。

「くっはっはっ、物が燃える瞬間はなんて美しいんだろう!!」

アイムが燃える木を見て、愉快そうに笑っている。

やっぱ悪魔っておかしいやつばっかなのかも……。

しかし、アイムと同じことをやれ、と言われても全くできる気がしないな。

「アイム、どうすれば僕も同じことができるかな？」

「そうだな……。そういえば人間。お前は一般的な魔術師がやるような発火魔術はできないのか？」

「うん、どうやら僕は精霊に嫌われる体質のようで、うまく精霊の力を扱えないんだ」

「ふはっはっはっ、確かにそれだけの邪気を放っていれば精霊に嫌われるのは当然か」

邪気？　そんなのを放っている覚えはないんだけど。

「俺様の発火魔術はそこらの魔術師がやるような魔術とは根本的に違う」

「そうなの？」

「人間は大気に潜む精霊の力を借りて魔術を実行するらしいが、俺様の場合、俺様自身が火の精霊の性質を帯びている」

なるほど。

聞いたことがある。

本来、精霊は目に見えないぐらい小さいが、まれにいるとされる上級の精霊は人と同等の大きさをしていると。

アイムは悪魔でもあるが上級の火の精霊でもあるということなんだろうか。

「けれどそれじゃあ、僕は発火魔術を扱えないじゃないか」

アイムみたいに僕自身が火の精霊の性質を帯びるなんて無理な話だ。

「いや、そんなことはない」

「え？」

「人間、降霊術は知っているか？」

「知ってはいるけど……」

降霊術とは、死んだ人間の霊を自分の体に宿すこと……けど、それが今回の話とどう関係が？

「俺様自身の霊をお前の体に宿せばいい」

「あ、そっか」

そうか、僕の体にアイムを降霊させれば、必然と僕が火の精霊の性質を帯びることになる。

「とはいえ俺様の全てを取り込もうとするなよ。自我まで乗っ取ってしまうからな。俺様の霊の十分の一、いや百分の一で十分だ」

「でも、降霊術なんてやったことがないんだけど」

「なら、今回は俺様が直接入れてやる」

アイムはそう言って左手の蛇の頭を僕の体に向けた。

瞬間、蛇の口から僕の体になにかが飛んできた。

「うっ……」

体の中を熱い異物が駆け回る。

思わず、うめき声をあげてしまった。

「アイム殿！　マスターに良からぬことをしたわけじゃないな！」

「オロバス、黙って見てろ。お前の主人はこの程度でくたばるたまじゃねぇだろ」

体中が熱い。

けど冷静になれ自分。

魔力の流れをコントロールするんだ。

目を閉じて、自分の中にある異物を把握し、一ヵ所に集めていく。

「ほう、自分のものにしたか」

僕の左手の甲にジワッと焼き印のような跡が生まれる。

「これは……？」

「シジルだ。俺様の力を受け継いだ証拠のようなものだ」

シジルは紋章のようで円の中に幾何学的な紋様が浮かんでいた。

「これで僕も発火魔術が？」

「あぁ、シジルに秘めている魔力を操作すればできるはず」

言われたとおりに目をつぶり、シジルに秘めた火の魔力を呼び起こすようなイメージをする。

「――発火(エンセンディド)しろ」

瞬間、左手の甲の上辺りに、赤い魔法陣が浮かびあがる。

と、同時に、ボファッ、と火の塊が一瞬だけ姿を現した。

「できた……」

十四年間、ずっとできなかったことが、ついにできたのだ。

「やった……っ！」

嬉しすぎて涙が溢れてくる。

「おめでとうございます！　マスタぁああああ‼」

オロバスも祝ってくれた。


できた、できた、できたっ……！

僕はこの感触を忘れないよう、強く、強く、噛み締めていた。

◆

それから一日中、発火魔術の練習をしていた。

火のコントロールは想像以上に難しく、中々思うようにいかない。

けど、楽しい。

みんなこうやって魔術の勉強をしていたんだ。

今までわからなかったことがわかって本当に楽しかった。

ただ、アイムに教わりながら、発火魔術を行使していたがいくつか課題が残った。

それは左手を起点にしか発火が行えないということだった。

アイムが言うには、左手にシジルがあるせいだ、とのこと。

一般的な魔術師なら体のどこを起点にしても魔術を行使できる。けれど、僕の場合、左手にシジルがあるせいで、その影響を強く受けてしまい、左手からしか発火ができないらしい。

ただし、訓練次第で克服できるだろう、とも言っていた。

魔術が使えなかった頃と違い、自分なりに対策や問題点を見つけられる。できるようになれば、こんなにも魔術の勉強は楽しいんだな。

「それじゃ、人間。お別れだな」

夜。アイムはお別れの挨拶をした。

オロバスのように退去を嫌がる可能性を考慮したが、アイム曰く、退去を嫌がる悪魔はオロバスぐらいだとか。

「アイムが退去してもシジルは消えないよね」

「ああ、問題なく使える。ただ、今後のためにも降霊術は覚えたほうがいいだろうな」

「そっか、アイム、本当にありがとう」

僕は深くお礼する。

今日は僕の今までの人生がやっと報われた、そんな日だ。

だから心から感謝した。

それから僕は退去の呪文を唱えた。

「次召喚するときは燃やしがいのある建物を用意するんだな」

「ぜ、善処するよ……」

去りぎわの言葉に僕はそう返事をした。

「そうだ、オロバスにもちゃんとお礼を言わないとな」

オロバスはアイムが暴走しようとしたとき、身をていして止めてくれたのだ。

まだ、お礼を言っていなかったのを思い出す。

「オロバス、本当にありがとう」

「ま、マスターがわたくしにお礼ですと‼　な、なんたる身に余る光栄。わたくし、マスターがマスターで本当によかったです！」

「あはは……」

いつもの調子のオロバスに僕は思わず苦笑いをした。

第四章　序列第四十九位クローセル

「それじゃあ、今日は水の魔術の勉強を行う」

今日も今日とてルドン先生の講義が始まった。

「水の魔術を覚えれば、魔術の幅が一気に広がる。ゆえに、皆、心して取り掛かるように」

「せんせーい、どんな魔術も覚えてない人には関係ないんじゃないですかー」

また僕より年下の生徒が囃し立てる。

すると、教室中ドッと笑いが起きた。

僕を笑いものにしているのは明らか。

まぁいい、決闘の日にあっと驚かしてやるんだから今は我慢だ。


とはいえ、水の魔術か。

僕が覚えているのは、発火魔術を始めとした火の魔術のみである。

左手にはアイムのシジルが刻まれている。

もう一体悪魔を召喚して、右手にもシジルを刻むのも悪くないかもしれないな。

となれば水を使える悪魔を召喚する必要があるか。

◆

「お久しぶりです、フルカスさん」

僕は帰宅して早速、序列第五十位フルカスさんを召喚することにした。

フルカスさんを召喚したのは水の魔術を覚えるのにどの悪魔が適切かを聞きたいがため。

一応オロバスにも同じ質問をしてみたが、オロバスはあまり他の悪魔に詳しくないらしく、「力になれなくて申し訳ございません!!」と泣いて謝っていた。

そんなわけでフルカスさんを召喚することにした。

やはりアドバイスをもらうならフルカスさんが最適だ。

「お、お主は、ノーマン……すぴー」

召喚されたフルカスさんは寝息を立てていた。

今の時刻は夜の七時。

フルカスさんが眠る夜八時にはまだなっていないのだが、もうすでに眠たいらしい。

フルカスさんにも悪いし、退去させてあげるべきかな。

「あの、フルカスさんに水の魔術を覚えるのに、最適な悪魔を紹介してほしかったんですけど」

「そういうことなら、く、クローセル……すぴー」

一応、朧気（おぼろげ）だが意識はあるようでなんとか答えてくれた。

クローセルっていう悪魔か。


よし、早くフルカスさんを退去させてあげなきゃ。

というわけで退去の呪文を唱える。

次からはもっと早い時間に召喚するよう心がけよう。

「それじぁ、クローセルを召喚しよう」

魔導書は序列順に並んでいるがクローセルの序列まで教えてくれなかったので、一ページごとにめくって調べる必要があった。

「あった。序列第四十九位クローセルか」

フルカスさんが第五十位なので、その一つ上だ。

「それじゃあオロバス。また、アイムのときみたいに暴走したら止めてね」

「了解であります、わたくしマスターを命をかけてお守りいたします！」

そもそも拘束の呪文を時間をかけずに唱えられたら、オロバスに頼る必要はないんだが。

短い詠唱でもできるように練習しなくちゃな。


よし、試しに召喚の呪文をほんの少し省略しても大丈夫か試してみよう。

「――我は汝をノーマンの名において厳重に命ずる。汝は疾風の如く現れ、魔法陣の中に姿を見せよ。世界のいずこからでもここに来て、我が尋ねる事全てに理性的な答えで返せ。そして平和的に見える姿で遅れることなく現れ、我が願いを現実のものとせよ。来れ――第四十九位、クローセル！」

魔法陣が光りだす。

よかった。通常通り成功したみたいだぞ。

「汝、隣人を愛しなさい。そして、主を崇めるのです」

そう口にしながら、一人の悪魔が姿を現した。

「えっ？」

驚愕する。

もしかしたら今まで召喚してきた悪魔の中で一番、その姿を見て驚いたかもしれない。

なぜなら、目の前にいたのは、どこからどう見ても『天使』の姿をしていたからだ。

「あなたがわたしを呼んだのですか？」

「は、はい」

白い天使の羽。頭上には輪っか。

どこからどう見ても天使の特徴を兼ね備えている。

さらには端整な顔立ちに透き通るような白い肌。その上包容力まで兼ね備えてそうだ。

けれど、なぜ天使が召喚された？

『ゲーティア』は悪魔を召喚する魔導書のはずだ。

「あなたは主を崇(あが)めていますか？」

「は、はい」

主とかよくわからないけど「はい」と返事したほうが良さげな予感がした。

「そうですか。あなたは大変素晴らしい方ですね」

クローセルはニコッと笑う。

どうやら「はい」と言って正解だったようだ。

「まぁ、わたしは天界を追放されたんですけどね」

ドスを利かせた声が聞こえたような気がした。

ん？

天界を追放されたって、今言ったか？

「なんで主はわたしをお赦しにならないのでしょうか。わたしはいつになったら天界に戻れるのでしょうか。わたしはこれだけ懺悔(ざんげ)しているのに、なぜ赦してくれないのでしょう。わたしはどれだけ罪を償えば許されるのでしょうか？　罪を赦しなさいと言った主の言葉は嘘(うそ)だったのですか？」

なんか一人でブツブツと喋(しゃべ)りだした！

「これはこれは、堕天使ではありませんか！」

オロバスがそう言った。

堕天使。

天界を追放された天使のこと。

堕天使には二種類あり、自分から反逆するために堕天した者と罪を犯して追放された者がいる。

クローセルは話を聞く限り、後者なんだろう。

改めてクローセルの天使の輪っかを見てみると、黒く濁っていた。

どうやら、堕天使というのは確からしい。

「あの、大丈夫ですか?」

まだブツブツと一人で喋っているクローセルにひとまず話しかけてみる。

「手に持っているのは『ゲーティア』ですよね」

やさぐれた様子で、逆に質問された。

「そうですけど……」

「『ゲーティア』って、悪魔を召喚する魔導書ですよね。つまり、このわたしを悪魔扱いしているってことじゃないですか。うわぁ、最悪な気分だなぁ」

堕天使も悪魔の一種と考えられているしなぁ。

「あの、お願いしたいことがあってクローセルさんを召喚したんですが……」

このままクローセルの会話に付き合っていると、らちがあかなそうなので自分から切り込んでみることにした。

「お願い？　まぁ、いいでしょう。迷える子羊を導くのも天使の務めですしね。まぁ、今は堕天使ですが……」

なんかすごいダウナーな感じでくるから、こっちまで気分が重くなってくる。

「えっと、水の魔術を教えてほしいんですが」

「水……水、うがぁあああああ!!!!」

び、びっくりしたぁ。

突然、クローセルが絶叫をしたのだ。

「水のせいで、水のせいで、わ、わたしは天界から追放された……」

どうやらトラウマスイッチを押してしまったみたいだ。

正直、話しかけるのも億劫（おっくう）になってきたな。

けど水の魔術を覚えるためだ。ここで諦めるなんて選択肢はない。

「大丈夫ですか？　困っていることがあるなら、力になりますけど」

ひとまず、クローセルの精神状態が回復しないことには水の魔術を覚えるのは難しそうなので、そう聞いてみる。

「あなたならわたしを救うことができるって言うんですか？」

そう言ったクローセルの目はどこか物憂げな様子だった。

なんだろう？　この気持ちは。なんだか、この悪魔を放っておけない、そんな気持ちがふつふつと湧いてくる。

気がついたときには、僕はクローセルの手をそっととっていた。

「ええ、任せてください」

「僕があなたを救います。ですので、それが終わったら水の魔術を教えて下さいね」

一応、ちゃんと魔術を教えてもらうよう約束を取り付けておく。

「ええ、もしわたしの魂が救われるなら、あなたに尽くすぐらい構いませんよ」

よし、クローセルから言質もとれたことだし、堕天使を救うぐらい、やってやろうじゃないか。

◆

夜遅い時間だったので、クローセルには一度退去してもらった。

もちろん明日、改めて召喚するという約束を取り付けた上で。

翌日。

朝早くから召喚しようと準備していた。

召喚しようとしていたのはクローセルではない。

フルカスさんだ。

そう、僕は改めてクローセルと会う前に一度フルカスさんに会って相談しようという寸法だ。

朝早い時間ならこの前みたいに眠たくて会話さえままならないってこともないだろう。

そんなわけで、早速フルカスさんを召喚するための呪文を唱える。

「ほっほっほっ、昨日はすまんな。夜は眠たくて眠たくて仕方がないのじゃ」

「いえ、こちらこそすみませんでした。そんな時間に召喚してしまって」

僕は頭を下げる。

本当に悪いことをした、と思っていた。

「ほっほっほっ、なにもお主まで謝る必要はないだろう。それで、ぜひお主から話が聞きたいのう。色々あったのじゃろう？」

どうやらフルカスさんは僕の近況に興味があるようだった。そういうことなら、快く話をしよう。

まず、オロバスを召喚したこと。

オロバスは忠実ではあるが、非常におかしなやつだったということ。

とはいえ、頼りにはしている。

それと、アイムも召喚した。

アイムとは一悶着（ひともんちゃく）あったが、覚えた拘束の呪文でなんとか防いだこと。

それからアイムと和解し、無事アイムの一部を降霊させることで発火魔術を扱えるようになったこと。

「アイムと和解したじゃと？」

「うん、といっても僕の交渉がうまくいったわけじゃないけど」

あのとき、僕が悪魔召喚を楽しいと言ったら、アイムはおもしろいと言った。

なぜ、アイムがそういう態度を示したのか、その真意まではわからなかった。

「ほっほっほっ、悪魔は欲望に忠実だからのう。楽しい、という感情を悪魔は一番大事にする。お主が楽しいと言ったその心意気に悪魔として協力したくなったのじゃろう」

「そういうことなのかな……」

僕はフルカスさんの説明にいまいち納得できなかった。そんな単純な話なんだろうか？

「ほっほっほっ、まぁ、それ以外にも理由があるとは思うがのう」

そうフルカスさんが言うなら、そうなんだろう。

それに今答えがわかるわけではないし、深く考えても仕方がないか。

それから、今悩みの種であり相談したかったクローセルの話もした。

「クローセルか。あやつは他の悪魔とは違った意味で厄介な存在だからのう」

確かにクローセルは悪魔らしくはないが、しかし厄介なことには変わりなかった。

「どうすればクローセルを救うことができますかね？」

「ほっほっほっ、まずお主はどうすればいいと思っておる?」

「一番はクローセルが天界に戻る。つまりクローセルが堕天使から天使に戻るのが一番いいと思うんだけど……」

とはいっても僕の力じゃ、クローセルを天使に戻すなんてどだい無理な話だ。

それこそクローセルの言っていた主、つまり神でないと無理だろう。

「一度堕天した者が再び天界に戻ることはあり得ぬ。だというのにクローセルは天界に戻れると未だ信じておる」

「そうなんだ……」

それは少しかわいそうな話だと思った。

けど、そうなるとクローセルになんとか気持ちを切り替えてもらうしかないよな。

「そもそもクローセルはなんで堕天したのだろう?　水が原因とは言っていたけど」

「ほっほっほっ、それは儂(わし)にもわからん」

「そうなんですか」

フルカスさんでもわからないことってあるんだ。

それから、フルカスさんは一息いれて、こう口にした。

「そうじゃな、お主には王になる覚悟はあるか?」

「王?　いや、そんなのないですけど……」

王って、急になんの話だろう。

フルカスさんは「素直なのはいいことじゃ」と言って笑っているが……。

「魔導書『ゲーティア』。それを持つということは、我々悪魔を使役するということ。つまり、我々の先導者になるということじゃ。お主にその覚悟はあるのかのう？」

フルカスさんは言葉を変えて、再び聞いてくる。

今度はちゃんと意味がわかった。

「覚悟と言われてもそんなのわからないけど」

僕は本音を吐露する。

「けど、僕は今、すごく楽しいんだ。今までの人生はなんだったんだっていうぐらい、今が楽しい。今までの人生は、そう、灰色だった。なにをやってもうまくいかない。そもそもなにをすればいいのかわからない。けど、『ゲーティア』を手に入れてから、自分の往くべき道がわかってすごく楽しいんだ。だから、僕はこれからも悪魔を召喚していきたいし、悪魔たちにも僕に協力をしてほしいと思ってる」

僕は自分の気持ちを素直に話した。

もしかしたらフルカスさんの求めてた答えじゃないのかもしれない。けど、本音を話すのが大切な気がした。

「ほっほっほっ、利己的で非合理的で感情的。実に悪魔らしい」

ニィ、とフルカスさんは歯茎を見せて笑う。

どうやら気に入ってもらえたようだ。

「その思いをクローセルにも伝えてみるといいのではないかと儂は思うのう」

フルカスさんはその言葉を残して退去していった。

そんなことで本当に解決するのだろうか、と疑問には思ったが、やってみないことにはわからない。

だから、とりあえずやるだけのことはやってみようと気合をいれた。

◆

「わたくしはすでに準備完了でございます!!」

オロバスはそう言って、体を伸ばしていた。

これから僕の部屋でクローセルを召喚しようとしているところだ。

まぁ、今回はオロバスの出番はなさそうだけど。

アイムのときみたいにクローセルが暴れるなんてことは想像できないし。

よし、と僕は気合をいれて召喚の呪文を唱えた。

「汝、隣人を愛しなさい。そして、主を崇めるのです。まぁ、わたしは天界を追放されたので、そんな気分ではありませんが……」

今回は開幕からすでに暗い気分での登場だった。

「クローセルさん、あなたを救いに来ました」

僕は覚悟を示すつもりで早々にそう宣言した。

「わたしを救う……。わたしを天界へと導いてくれるのですか？」

「それは申し訳ないけど僕にはできないことです」

「そうですよね……。あなたにそんなことできるはずがありませんよね」

クローセルは露骨にがっかりした表情を浮かべる。

とはいえ、できないことはできないとはっきり言ったほうがいいと僕が判断したのだ。

「クローセルさん、よかったら僕にどうして天界を追放されたのか教えてくれませんか？　話したら少しは楽になるかもしれません」

「天使が人間に罪の告白ですか……。あなたに告白したところで主の赦しを得られるとは思えませんが。まぁ、いいでしょう」

投げやりといった感じでクローセルは語りだすのだった。

「天使の仕事は主の意向の赴くままに人を導いたり、守ることです。ですが、時に主は人間に試練をお与えになります。あのときもそうでした。主は人間に洪水という試練を与えたのです。その洪水で何人もの人が亡くなる予定でした」

クローセルの話を聞いていて、主はなんて残酷なことをするんだろうと思った。

本当に主の言う通り、試練なんてものが必要なんだろうか。

「ですが、その洪水で亡くなる予定の人たちに、たまたまわたしの見知った人々がたくさんいたのです。それで思わず、主の意向に反して洪水を止めてしまったのです。洪水の原因である水の女神をわたしが食らうことで」

「それはいいことじゃないの？」

今の話を聞いて思った感想がこれだった。

天使の役目が人を守ることなら、クローセルのやったことはなにも間違っていないはずだ。

「いえ、天使はあくまでも主の手足でなくてはいけないのです。わたしに利己的な感情が芽生えた時点で、わたしは天使失格なのです」

まぁ、天使の役割が主の意向に絶対的に従うことなら、クローセルはたしかに天使失格だ。

「それで天界を追放されたの？」

「ええ、そうです。主の意向に背いたこと、それと水の女神を食べることで殺した。この二つがわたしの罪であります」

「そうなんだ……」

僕はそう口にして、次にどうクローセルに声をかけるべきなのかわからなくなってしまった。

というのも主の気持ちに全く共感ができないからだ。

今の話を聞いて、クローセルはなにも悪いことをしたとは思えなかった。

けれど、その言葉を言ったところで彼女はなにも救われないだろう。

「ねぇ、クローセルには悪魔って存在はどう見えている？」

だから僕は別の方向からクローセルの真意を探ることにした。

「主を欺こうとする悪逆非道のやつらです」

クローセルは即答する。

悪魔に対してけっこう酷い言いようだ。

クローセルもそんな悪魔の一員なんだけどね。

「僕はそうは思わない。まぁ、僕はまだたくさんの悪魔と会ったわけじゃないけど、でもわかるんだ。悪魔ってのは利己的で非合理的で感情的なやつらの集まりだって」

僕はフルカスさんの言葉を一部借りてそう主張する。

「だから自分勝手に人を助けたクローセルは十分悪魔らしいよ」

「あ、あの、わたしのこと傷つけようとしてます？」

「いや、別にそんなつもりはないけど……」

慌てる。

使う言葉間違えたかなぁ。

「ねぇ、クローセル。僕と一緒に楽しいことをしない？」

「楽しいことですか……？」

「そう、せっかく自由になれたんだから、自分が楽しいと思うことをやらなきゃ損だよ」

「自由ですか……？」

今のクローセルは天使の頃に比べたら自由だ。なのに、ただ落ち込んでいるのはもったいない。

「そう悪魔ってのは自由に楽しむ連中の集まりだ。オロバスだってそうだよね」

「ええ、わたくしにとってマスターに仕えるというのは最上の喜びでありますぅうううう!!」

そう、オロバスは感情的に泣いたり大げさに僕を讃えたり、退去を嫌がったりなど本当に悪魔らしい存在だ。

「だからクローセルも楽しもうよ」

「でも、楽しむってわたしにはどうすればいいのかわかりません」

「そうだな、クローセルにはなにかやりたいことはない？」

「やりたいこと、ですか？」

そういって、クローセルはじっと僕の顔を見る。

すると、あれ？　クローセルは顔を真っ赤にして目を泳がせた。

なんでだろ？

「そ、そうですね……人間ともっと交流とかしたいかもしれません」

そうか、クローセルは人間を助けるために洪水を止めたと言っていた。

だから人間に元々興味があったのだろう。

「よし、じゃあ、まず僕と仲良くなろう」

そう言って、僕は手を差し出した。

するとクローセルは「は、はい……」とぎこちないながらも手をとってくれた。

「よし、じゃあ、早速で悪いけど水の魔術を教えてほしいな」

「はい、わかりました」

うん、早く水の魔術を覚えたい。

さっきからその欲望で僕の頭はいっぱいだった。

◆

遠い昔の話だ。

まだ、わたしが天使だった頃。

そのときは、今と違い天使らしく感情が希薄だった。

「ねぇ、天使さん、僕と遊ぼうよ」

ふと、ある日、人間の少年にそう呼ばれた。

このとき、わたしは主の命令で下界に降りては、やるべきことをしていた時期だった。

「いえ、わたしにはやるべきことがあるので、そういうわけにはいきません」

そう冷たく返した記憶がある。

なのに、少年は次の日もその次の日も顔をあわせるたびに、「遊ぼう」と声をかけてきたのだ。

そうしたら、いつの日か少年と話をするようになり、気がつけば一緒に遊んでいた。

しかも、少年だけではなく町のいろんな人とかかわりを持つようになっていた。

天使だったときは、自分はどこか機械的で感情というものが存在しなかった。

なのに、少年や町の人たちとかかわり始めてから、どこか自分に感情のようなものが芽生えてきた。


そして、ある日。

主によって、町の住人たちに洪水という試練が与えられることになった。

以前の自分なら、なにも考えず実直に命令に従っただろう。

だけど、そんな自分はもう存在していなかった。

そのあとは、すでに話した通り、水の女神を取り込むことで人々を救った。

そして、命令違反により堕天した。

悪魔となったわたしはそれから長い間、魔界で陰鬱な日々を過ごしていた。

毎日毎日、主に懺悔しては自分の行いに後悔していた。

「だからクローセルも楽しもうよ」

だけど、今日、一人の少年が自分に対してそう口にした。

昔出会った少年とどこか重なるのは気のせいだろうか。


楽しむ。

そんな感情、ずっと忘れていた。

だけど、思い出したのだ。少年や町の住民たちと触れ合ったとき、確かに楽しかったことを。

もしかしたら、この人なら、再び自分を楽しませてくれるのかもしれない。

◆

そんなこんなで水の魔術を教えてもらうべく、クローセルとオロバスの三人で近くにある原っぱに来ていた。

今後も魔術を覚えるときは決まってこの原っぱでやることになりそうだ。

「それじゃあ早速ですが、水の魔術を見せます」

そうクローセルが言うと、両手十本の指先から水をドバドバと出し続け、その水は宙を舞い、そして頭上で巨大な水の塊となった。

「おおっー」

思わず歓声をあげる。

無詠唱なうえ、魔法陣なしでこれだけの水を操れるのか。

「わたしは水の女神を食らったおかげで水の女神と同じ能力を手に入れることができました」

水の女神を食べた、とさっきも聞いたがそれって口でむしゃむしゃと食べたのだろうか。

そんな絵面を想像して、少し笑っちゃいそうになる。

「ノーマン様は自然魔術が体質的に無理なんですよね。どうやって教えたらいいのでしょう？」

さっき道中で、クローセルには僕が体質的に一般的な方法では自然魔術を扱えないと説明を済ませていた。

自然魔術というのは大気に無数にいる微細な精霊を操って発動させる魔術のことだ。

火、風、水、土が四大精霊と呼ばれ、よく知られている。

「それなら……」

僕は左手のシジルをクローセルに見せた。

そして降霊術を用いて火の魔術を覚えることができたと説明した。

「そんな方法があるんですね」

クローセルは感心したように手を合わせる。

「でも、どうしましょう……。わたし、アイムさんみたいにそんな器用な真似できる気がしません」

むむむ……、これはもしかしたら僕が降霊術を覚えるところから始める必要がありそうだ。

しかし、僕は授業で降霊術を習ったことがなかった。

基礎コースでは取り扱わない範囲だからだ。

一応、たくさんの魔導書を読んできたので知識としては知っているけど……だからといって、できるとは思えない。

魔導書『ゲーティア』にも降霊術の方法までは書かれていなかったし。

となれば、どうしようか……。

一旦、保留にしようってことで、僕ら三人は家に戻ることにした。

「お兄ちゃん、やっと帰ってきた!!」

なぜか屋敷に住んでいる妹が家の前にいた。

なぜ、僕の家に妹がやってきたんだろう？

と、疑問に思いつつ、あることを思いつく。

妹から降霊術を学ぶのもいいかもしれない。

「あのディミトってやつ、ホント最悪ー!!」

妹のネネが僕の家にあがると同時にそう愚痴をこぼした。

「そうなんだ」

僕は苦笑する。

僕と入れ替わるように養子のディミトが屋敷に住むようになったから、ディミトが屋敷でどんなことをしているのか把握していないが、妹がこんな愚痴を吐くとは相当好き勝手してそうだ。

それから、僕はネネの愚痴をひたすら聞かされた。

話を一通り聞くと、ディミトという新しい家族は相当わがままな性格らしいとわかった。

元平民だから舐められるのを相当恐れているのか、使用人たちに無理強いばかりするようだ。

「もうね、使用人たちをこき使いまくってるの。余興だといって、自分の魔術の的にしたり、欲しいものがあったら夜中でも買い物にいかせたり。しかも偏食家らしくて、ご飯には毎回文句ばかり。その上、かわいい使用人にはセクハラまでしているらしいわ」

「それはひどいね」

「しかも、父さんがそれを許しているのが信じられない。結果、使用人たちが私のところに相談にくるわけ。私じゃあ、どうすることもできないわよ!」

「それは大変そうだね」

妹の話を聞いていると、こうして自分が追い出されたのは結果的には良かったのかもしれないと思えてくる。

　オロバスが家事を一通りしてくれるおかげで、一人暮らしだけど、特段不自由していないし。

「もう、お兄ちゃんがなんとかしてよ……」

「追い出された僕じゃあ、どうすることもできないよ。それにディミトの魔術がすごいのは本当なんだろ？」

「まぁ、そうみたいね。固有魔術もちゃんと持っているみたいだし」

　固有魔術というのは、その術者にしか使えないオリジナルの魔術のことだ。

　固有魔術を持っていれば、魔術師としては一人前という風潮がある。僕と同い年で、すでに固有魔術を持っているなら、それは優秀と言わざるを得ない。

「にしてもこの家、外はボロいけど、中はすごくキレイだね。このベッドもふかふかだし。てっきり、お兄ちゃんのことだから、部屋が汚いと思っていた」

「まぁ、知り合いに掃除のエキスパートがいて、手伝ってもらっているんだ」

「ふーん、そうなんだ」

　妹がそう頷（うなず）くと、褒められたオロバスが自慢げに鼻を高くしていた。

　まぁ、妹には悪魔の姿が見えないので、僕にしかわからないのだけど。

「そうだ、ネネに頼みがあるんだけど」

「ん、なに？」

「降霊術を教えてほしいんだよね」

「降霊術？」

妹が怪訝そうな表情をする。

「魔術を使えないお兄ちゃんがなんで降霊術を？　まさか決闘の日が近いから、手段を選ばずに色々手を出しているの？　確か、三日後だっけ決闘の日は」

「決闘のこと知っていたんだ」

「そりゃ、学校でリーガルがあれだけ吹聴していたらね」

そうか、妹に知られるぐらい、リーガルは僕と決闘することをいろんな人に言っているのか。よほど、僕にたくさんの人の前で恥をかかせたいんだろう。

「そう、どうしても降霊術を覚えたくてさ」

「覚えてどうすんの。降霊術なんか覚えても決闘の役にあまり立たないわよ」

「えっと、どうしても使いたいんだ……」

悪魔召喚のことを話すわけにいかないしな。

なんて説明したらいいんだろう。

「まぁ、自然魔術が苦手な人こそ降霊術に適性があったりすることもあるからね。教えるのは構わないけど。それに、お兄ちゃんが魔術を使えるようになったら、ディミトを屋敷から追い出せるかもしれないし。いいわ、協力してあげる」

そう言って、妹は胸を張った。

それから、妹は降霊術に必要なものがあるということで、取りに一度屋敷に戻った。

ちなみに、この家と元の屋敷はけっこう近くにあるので、行き来するのはそう苦ではない。

「ノーマン様、ディミトって方はどなたなんですの？」

妹がいなくなると、早速クローセルが尋ねてきた。

オロバスも気になるのか首を長くしている。

そういえば、二人には僕の事情を話していなかった。

隠してもしょうがないし、話すことにする。

そんなわけで、魔術ができないせいで、家を追い出され、代わりにディミトという養子が跡取りになったことを二人に説明した。

「そんなっ!?　ノーマン様を追い出すなんて、随分とひどいですね！」

「マスタァアアア!!　マスターがそんなお辛い状況であられるとは露知らずに、わたくしはなんて愚かなんでしょうかぁあああ!!」

話をすると、二人とも僕に対し同情してくれた。オロバスはちょっと過剰すぎる反応な気がするけど。

「マスター、命令とあれば、今すぐにでもその屋敷を襲撃する準備はできております！」

「いや、オロバス！　そんなことはさせないし、しないから！」

いきなり襲撃って、なに言い出すんだ、この悪魔は。

ともかく、二人がこうして怒ってくれたせいなのか、僕自身は追い出されたことにそこまで感情的にならないで済んだのだった。


「降霊術なんて私もそう得意じゃないんだけど……」

そう言って、妹のネネは一本の剣を持ってきた。

両手剣のロングソード。

ずっしりと重たいことが見ただけでわかる。

ネネが屋敷に戻ったのはこの剣を持ってくるためらしい。

「この剣はうちの先祖が使っていたものよ」

「こんなのがうちにあったんだ」

確かによく見ると年季が入っているのがわかる。

とはいえ手入れはちゃんとされているようで刃の切れ味は鋭いままだ。

「降霊術は霊を呼び出す魔術。けど、特定の霊を呼び出すには遺物があったほうが効果的なの」

「そうなんだ」

「今回の場合はこの両手剣が遺物ね」

悪魔を降霊させる場合なら、どんな遺物が必要なんだろう?

ちなみに、クローセルとオロバスも近くでネネの話を聞いている。

二人ともうんうん、と頷いているが、ホントに話をわかっているのだろうか。

もちろん二人とも霊の状態なため、ネネには見えていない。

「この剣は私達の先祖、ダルガンナ・エスランドという人が所有していたものよ。この剣を使って戦場で武勲をあげたらしいわ」

僕らの先祖にそんな人がいたのか。

エスランド家は歴史が古いと父さんが前言っていたのをふと思い出す。

「今回、降ろすのはこのダルガンナ・エスランドの霊よ。降霊術って、術者と霊体の相性とかも大事なんだけど、血が繋(つな)がっているしその辺は心配ないと思うわ」

言いながら、ネネは魔導書のページをパラパラとめくる。

降霊術に関した魔導書なのだろう。

「降霊術は加減が難しいのよね。霊のすべてを取り込むと肉体を乗っ取られる可能性がでてくるし、かといって少しだけ取り込んでも効果は薄いし」

言いながら、ネネは魔導書を頼りに紙に魔法陣を書いていく。

慣れているのか、非常に手際がいい。

それからネネは両手剣を魔法陣の上に載せ、目を閉じた。

「――我は汝をネネの名のもとに厳重に命ずる。汝は速やかに、我の肉体に宿れ。汝の知識と力で我を満たせ。汝は己が権能の範囲内で誠実に、全ての我が願いを叶えよ。来れ――ダルガンナ・エスランド」

詠唱を終えるとネネは目を開き、

「成功したわ」

と言った。

一見、なにがどう成功したのかわからない。

だが、ネネの瞳に闘志のようなものが宿ったような気はする。

「なにが変わったんだ？」

「そうね、力が湧いてくるのと、習ってもいない剣術が頭の中に叩き込まれているわ」

ネネはそう言うと、両手でさえ持つのが厳しい剣を片手で軽々と持ち上げる。

さらには剣を振るう。

それもただ振るうのではなく、剣術における型を意識して振るっているのだろう。

足の動き、視線の移動からして一流の剣術使いのそれであることが、素人目にもわかった。

「まっ、こんな感じよ」

「おおーっ」

思わず拍手を送ってしまう。

横ではクローセルとオロバスも拍手をしていた。

「どう、お兄ちゃん。できそうかしら？」

「ひとまず、がんばってみるよ」

　僕はそう答えた。

◆

　翌日、僕は降霊術の勉強を始めた。

　まずは、降霊術について書かれた魔導書を読み込む。

　けれど、降霊術はあくまでも死霊を降霊させることを前提として書かれていたので、それをどう悪魔に置き換えるかが問題点だった。

「悪魔も死霊も同じ霊体ですし、ひとまず同じやり方でやってみたらいかがでしょうか？」

　というのはクローセルの意見だ。

「けど、遺物はどうしたらいい？」

　ネネのときに使った両手剣のように霊と関係する遺物が必要なはずだ。

「それでしたら魔導書『ゲーティア』が代わりになるかと思います」

「えっ、そうなの……？」

「『ゲーティア』はただの魔導書ではありません。召喚者と悪魔を繋げるパスのような役割も果たしているはずです」

なるほど。

本来魔導書というのは魔術を覚えるために必要な指南書といった位置づけでしかない。魔導書の中身を完璧に覚えてしまえば、魔導書は必要なくなる。

けれど、『ゲーティア』に関しては『ゲーティア』という本そのものに魔力が宿っていた。

つまり、召喚者と悪魔を繋げる役割を持っていたなんて。

「それじゃあ、遺物を『ゲーティア』に置き換えて降霊術を行ってみよう」

降霊術のための魔法陣を描き、その上に『ゲーティア』を載せる。

クローセルのページを開いた状態だ。

「――我は汝をノーマンの名のもとに厳重に命ずる。汝は速やかに、我の肉体に宿れ。汝の知識と力で我を満たせ。汝は己が権能の範囲内で誠実に、全ての我が願いを叶えよ。来れ――第四十九位、クローセル！」

瞬間、クローセルが目の前から姿を消した。

「え？」

と、僕が思った瞬間、

「う……っ！」

自分の体に異変が起きる。

アイムの一部を体にいれたとき、熱い異物が肉体に入り込み苦しかったことを思い出す。

けれど、そのときの比じゃない。

そのときの何百倍もの激痛を全身が襲っていた。

「ま、マスター！　だ、大丈夫でございますか！」

片ひざをついた僕を見て、オロバスが慌てた様子で駆け寄ってくる。

「がはっ」

吐血した。

だらっとした血の塊が口の中から吐き出される。

目は大量の涙で溢(あふ)れ、両手からは汗が吹き出し、足は痙攣(けいれん)を起こす。

このままだと、死ぬ……っ。

ふと、耐えきれず床に倒れた僕は、そんな考えが脳裏をよぎった。

「マスタァアアアアア！　アイムのときのことを思い出してくださいぃいいいいいいい！」

オロバスの絶叫が聞こえた。

そうだ、アイムのとき僕はどうやってあの苦しみを克服したんだっけ。

全身に流れた魔力を一ヵ所に集めたんだ。

同じように、目を閉じ魔力を感じようとする。

「う……っ」

体の中に濁流のように膨大な量の魔力が流れていた。
その魔力を感じた僕は再び吐き気のようなものを催してしまう。
これだけの魔力を一ヵ所に集めるなんて無理だ！
けど、このままだと死ぬ。
まだ、僕は死ぬわけにはいかないんだ！
だって、僕はまだ魔術を極めていないのだから！
僕は歯を食いしばり、全身に流れる魔力をコントロールしようと、力を込める。
恐らく僕の意識が落ちた、そのときが自分の死だ。
意識が落ちるのが先か、魔力をコントロールできるのが先か。
その戦いが僕の体の中で起こっていた。
「マスタァアアアアア！　がんばってくださぁあああい!!」
オロバスの叫びを聞いて、まだ自分は意識を落としてないな、なんて判断する。
オロバスの声を必死に聞く。
それを意識することで、なんとか自分の意識を保とうと耐える。
そして、必死に魔力のコントロールをしようと歯を食いしばった。
戦いは数時間にもわたった――。

◆

い、生きているのか？

全身の激痛が収まったとき、僕はふとそんなことを考えた。

「マスタァアアアア‼　し、死ぬなら、わたくしも一緒に連れてってくださぁあああい！」

オロバスの声が聞こえる。

あぁ、どうやら僕はまだ生きているらしい。

それにしてもオロバスの声で、生きているかどうか確認するって……。

そのことが、なんだかおかしいような気がし、僕は心の中で笑ってしまう。

「オロバス……僕を勝手に殺すなよ」

僕はそう言ってゆっくりと立ち上がろうとする。

なんだか体が重いな。

「ま、マスター？」

オロバスはそう呟（つぶや）いて、目をごしごしと手で拭った。

どうやら涙で前もまともに見えないらしい。

「ほら、僕は生きているだろ」

僕は自分が生きているってことを示そうと、体を見せつける。

「あなたは、一体何者でありますか?」

オロバスは首を傾げていた。

「は?」

呆然(ぼうぜん)とする。

「マスタァアアアアア!! わたくしのマスタァアアアアアはどこですかああああああ!!」

オロバスは僕の前で、僕を探し始めた。

え? え?

なにが起きている……?

オロバスのやつ、この数時間で僕の顔を忘れたのか?

あ、でも馬は馬鹿って言うしありえるのか。

そんなことってある!?

「お、オロバス。ぼ、僕はここにいるんだが……」

僕は緊張した面持ちでそう尋ねた。

「ま、まさか、あなたがマスターを消した犯人ですかっ!?」

あ、やっぱりこいつ馬鹿だ。

この数時間で僕の顔を忘れやがった。

どうしてくれようか？

よし、オロバスのやつを強制退去させてやろう。

それがいい。

んでもって、オロバスを永久に召喚するのをやめよう。

僕はそう決意し魔導書『ゲーティア』のありかを探す。

あった。

床に落ちている。

僕は拾おうとかがんだ。

「んん？」

僕はふと、あってはならないものが見えた気がして固まってしまう。

かがもうと体を曲げた瞬間、見えてしまったのである。


二つの弧を描いた物体が。

つまり、おっぱいのことだ。

うん、自分になぜかおっぱいがついていた。

「どゆこと⁉⁉」

僕は叫んだ。

鏡を探した。

そして、自分の姿を見た。

「女になっている……」

ツヤのある肌。長いまつげ。さらさらとした長髪。

それと、大きなおっぱい。

どことなく面影がクローセルに似ているような気もしなくもない⁇

『の、ノーマン様！　た、大変です。わ、わたし、ノーマン様の体の中に入っちゃいました⁉』

僕の体の中からクローセルの声が聞こえる。

なにがどうなっているんだ……⁉

僕はどうやら女になってしまったらしい。

もう少しつけ加えると、クローセルの霊を降霊させた影響で僕の肉体が変化してしまったらしい。

完全にクローセルの姿になったわけではなく、クローセルと僕の姿を足して二で割った感じ。

その証拠に、クローセルの天使の羽や天使の輪がなかった。

とはいえ大きく膨らんだ胸や長い髪を見るに、クローセルの影響のほうが大きいのかな。

それに服装も女物の服になっていた。

確かこの服、クローセルが普段着ている服に似ているな。白いレースがたくさんついた、まさに天使が着ていそうな服である。

『ノーマン様申し訳ございません。わたしのせいで大変なご迷惑をかけてしまって……。わたし、ホント駄目駄目ですね……。主にだけではなくノーマン様にも迷惑かけるなんて。わたしはどんな罰でも受け入れます。ですので、ノーマン様、ぜひ駄目なわたしを罰してください』

うわぁああああああ、うるさい、うるさい、うるさい！

クローセルがさっきから僕の中でブツブツと独り言を始めていた。

しかも、前のときのようにダウナーな感じでくるので、こっちまでダウナーになってしまいそうだ。

『クローセル！　僕は全然気にしてないから！　ともかく落ち着いて、元に戻る方法を二人で考えよう！』

僕はそう言って、なんとかクローセルを落ち着かせようと必死になだめる。

『ノーマン様……本当に怒っていらっしゃらないのですか？』

『うん、全然怒っていないし。てか、原因は僕にあると思うから！』

十中八九、こんなことになったのは僕の降霊術が原因だ。

クローセルはなにも悪くない。

『ノーマン様ッッ！　わたしを庇ってくれるなんて、なんてお優しいんでしょう！』

クローセルは感激しきった声でそう言った。

ひとまずクローセルは落ち着いてくれたらしい。

一つ問題が解決した。

「マスタぁあああああ！　マスタぁあああああ！　どこへ行ってしまったのですかぁあああ！　わたくしを置いてどこかへ行かないでくださぁあああああい！」

あとは部屋で叫んでいるオロバスだ。

オロバスは僕がいなくなったと勘違いして、さっきからこんなふうに叫んでいた。

「オロバス、それ以上うるさいと退去させるぞ」

僕は魔導書『ゲーティア』を片手にそう言った。

「え？　マスターですか？」

オロバスはポツリとそう言った。

今ので、僕がマスターだとわかるのかよ……。

「ほ、本当にあなたがマスターですか……？」

なおも疑っているようだ。

「信じないなら退去させる」

「マスタァアアアア、申し訳ございません！　退去は嫌です！　ま、まさかわたくし、マスターが女の姿になっているとは思いもよらなくて疑ってしまいました！　ですが退去は嫌です！　信じるので退去だけはどうかお許しをッ！」

オロバスがとにかく退去が嫌なことが心から伝わってくる謝罪だった。

「まぁ、信じるなら退去はさせないけどさ……」

「な、なんて寛大な心をお持ちなんでしょうかマスターは。わたくし、思わずマスターを尊敬の眼差しで眺めてしまいます！」

オロバスの太鼓持ち的な態度。聞き飽きたせいか、実は退去されたくないがためにしている演技なんじゃないかと疑わしくなってきたな……。まぁ、いいんだけどさ。

ともかくこれでもう一つの問題も解決した。

これでやっと、どうやって元に戻るかについて悩める。

「ねぇ、お兄ちゃん。降霊術のほうは順調ー？　様子見に来たわよ」

なんと、もう一つ新たな問題が発生した。

すでに、ネネは家の扉を開けて部屋の中にいた。

おい、鍵はどうした？　いつもなら鍵をかけているはずなのに、妹が勝手に入ってきたということは、今日に限ってかけるのを忘れていたんだろうな。

「誰？」

呆然とした様子で妹が立ちすくんでいた。

「泥棒……？」

まぁ、そうなるよね！　今の僕は、クローセルを降霊させた影響で見た目が女になっている。

だから、知らない人がいたら泥棒って思いますよね！

うわあああ、どうすればいい⁉

降霊術のせいでこうなったなんて、まさか言えるわけがない！

それ言っちゃったら、悪魔召喚のこともバレちゃうかもしれないし！

けど、どうすればいい？　なんて言い訳をすればいい⁉

『お、おい！　クローセル！　この状況どうすれば脱せられると思う！』

自分で考えるのを諦めクローセルに助けを求めた。

『えっ、きゅ、急にわたしに言われても⁉　えっと、えーっと、あ、思いつきました』

『なに？　早く言って！』

めっちゃネネが不審な目でこっちを見ているし。

これ以上、考える時間を延ばすわけにいかない。

『そ、そのですね……ノーマン様の彼女って言ったらどうでしょうか？　きゃっ、言っちゃった』

なぜか恥ずかしがりながらクローセルはそんなことを言った。

けど、悪くない案だ！

「わ、わたし、実はノーマンさんの彼女でして……」

どうだろう。ごまかせるか？

「えっ⁉　お兄ちゃんの彼女さんなんですか！」

ネネは目を輝かせて、こっちにやってきた。

ご、ごまかせたみたいだ。

「あの、お名前はなんて言うんですかっ？　どこでお兄ちゃんと出会ったんですかっ？　お兄ちゃんのどんなとこが好きなんですかっ？　お兄ちゃんとデートとか行くんですかっ？」

なんかネネがすごいぐいぐい来るんだけど。

「あ、あのっ、一つずつ質問をしてくれないと……」

「あっ、ごめんなさい。私、ちょっと興奮しちゃって」

兄の彼女と遭遇するって、そんな興奮するようなことなのか……。

「それにしてもお兄ちゃんどこに行ったんですかね？　こんなにかわいい彼女さんを置いていくなんて……」

「あはは……、用事あるからでかけてくるって行ったきりで」

「そうなんですか。それにしても、彼女がいるならいるって教えてくれればいいのに」

拗ねたような口調でネネがそう言う。

『妹さんと仲がよろしいんですね』

と、クローセルが語りかけてくる。

『別に妹とそんな仲が良い覚えはないんだけどな』

『あら、そうなんですか？』

実際、ネネは顔をあわせるたびに、なにかしら文句をつけてくるし。とはいえ、最近ちょっと優しくなった気がしないことはない。

「あ、自己紹介がまだでしたね。私、ネネ・エスランドと言います。年はお兄ちゃんの一個下です」

ネネのやつ、僕の部屋で座り始めたし。

本格的に居座るつもりだ。

「えっとわたしの名前は……」

『どうしよう、名前っ』

『クローセルでいいんじゃないですか？』

「ク、クローセルっていいます」

「クローセルさんっていうんですね。それで、お兄ちゃんとはどんな出会いだったんですか？」

「え、えっと……」

『どうしよう、なんて答えよう』

『運命的な出会いをしたんです』

「運命的な出会いをしたんです」

「はわー、ロマンティックですねー。お兄ちゃんのどんなとこが好きなんですか？」

『や、優しいところです！』

「優しいところです……」

「お兄ちゃんにもそんな一面があるんですねー」

これ結局のところ、自分で自分を褒めているってことだよな。

うわぁ、恥ずかしいことしているな自分。

「それで、デートとかよく行くんですか？」

『まだ、デートはしたことがないですね』

と、クローセルが頭の中で言うので、

「まだ、デートはしたことがないですね」

と、僕はオウム返しのように答えていた。

「えぇっ！　そうなんですかっ！　お兄ちゃん、ひどい！」

「いや、えっと、まだ付き合い始めたばかりで……」

僕のイメージが悪くなってしまったので、とっさに修正しようとそう口にした。

「そうなんですか⁉　じゃあ、今が一番熱い時期じゃないですか！」

なぜかネネがすごく前のめりになる。

『きゃー！　今が一番熱い時期ですってぇ』

『なんでクローセルも嬉しそうなんだよ』

このままだといつまで経ってもネネの話が終わらない気がした。

なんとかして抜け出さないと。

「えっと、わたし、急に用事を思い出しまして……」

「えっ、そんな！　お兄ちゃん帰ってくるの待たなくていいんですか？」

「え、えっと、そのノーマンと会う予定が……」

「あっ、ごめんなさい！　私邪魔だよね。もう出ていくから。またお話聞かせてくださいクローセルさん」

ネネはなにか察したようで、そそくさと家から出ていった。

まぁ、察するような事情はなにもないのだが。

『ホントいい妹さんですね！』

なぜかクローセルは上機嫌だった。

「まぁ、悪いやつではないと思うが」

そんなことより早く元に戻る方法を考えなくては。

「そもそもなぜ、こんなことになったんだ？」

『そうですね……ノーマン様がわたしを降霊させたのが原因というのはわかりますが。アイムさんを降霊させたときはこんなこと起きなかったのですよね』

そういえば左手にあったシジルはどうなっているんだろう、と気になったので見てみる。

左手の甲にはちゃんとアイムのシジルがあった。

右手の甲に見たことのないシジルがあった。

「これ、クローセルのシジルか？」

『は、はい！　確かにこの円の中に天使の羽がある模様はわたしのシジルです』

クローセルのときにもアイムのとき同様にシジルが浮かび上がったか。

であれば、なにが原因だ？

僕は考えて、ふと、いくつかのことを思い出す。

アイムは前にこう言っていた。

『俺様の全てを取り込もうとするなよ。自我まで乗っ取ってしまうからな。俺様の霊の十分の一、いや百分の一で十分だ』と。

ネネも似たようなことを言っていた。

『降霊術は加減が難しいのよね。霊の全てを取り込むと肉体を乗っ取られる可能性がでてくるし、かといって少しだけ取り込んでも効果は薄いし』と。

うん、つまりクローセルのすべてを取り込んだせいでこうなったのだ。

降霊術、奥が深いな。

もし、僕が血を吐きながら暴走する魔力と戦っていたとき、あのまま気を失っていたら、僕の体はクローセルに乗っ取られていたのだろう。

体の見た目がこうして変わってしまった原因まではちょっとわからないけど。

まぁ、悪魔を降霊させたのだ。

通常の降霊術では起こり得ないことが起きても不思議ではない。

ともかく加減を間違えてしまっただけだとわかってしまえば、魔導書に書かれていた通りに降霊させた霊を祓えば、元に戻れる可能性は高いな。

そんなわけで、僕は魔導書の手順通り、憑依した霊を祓う儀式を行った。

とはいえ、そう簡単にはいかず何度も失敗したが、数時間後にやっと元の姿に戻れたのである。

水の魔術を覚える道のりはまだまだ遠そうだ。

◆

女の姿から元の姿に戻れた翌日。

決闘の日は明日。

今日は本当は学校に行く日だったがサボることにした。どうせ普通の魔術が使えない僕が授業を受けても意味ないしね。

僕は降霊術の特訓を寝る間も惜しんで何度も繰り返していた。

流石に、血を吐いて倒れるような真似は最初の一回限りだったが、最初の頃は降霊させるたびに痛みを感じていたのに何度も繰り返していくうちに慣れなのか、平気になってきた。

けれど加減を覚えるのは難しく、やりすぎて姿が変わってしまったり、逆に少なすぎて水の魔術が発動しないなんてこともあった。

　また、姿も変わらなかったので、成功したと思って、水の魔術を発動させたところ暴走してしまい、コントロールができなくなってしまったこともあった。

　そのときは、クローセルが代わりに水の制御をしてくれることで、なんとか事なきを得たが。


　そんな感じで探り探り、僕は降霊術を試していった。

「次こそはうまくいくかな……」

　もう何十回目となる降霊術。

　手順自体は慣れてきたのか、スムーズにできるようになっていた。

「水よ発現（アギュオクーレ）しろ」

　途端、右手を中心に水色の魔法陣が宙に浮かび上がる。

　そして、水の塊が発生した。

「うまくいった……っ！」

　今度は暴走することもなく制御できている。

「おめでとうございます！　マスター！」

「ノーマン様、おめでとうございます」

　オロバスとクローセルも祝ってくれる。

「ありがとう二人とも」

僕はそう言って、発動した水のコントロールを始めた。

五本指の先から水を出し、それらを宙に舞うようにコントロールする。

そして、最終的には頭上に大きな塊となるように水を集める。

「よし！」

どうやら思った以上にコントロールできているようである。

それから思い思いに水をコントロールさせて、一通り終えたところで僕は思う。

「あ、そうだ。明日の決闘の対策をしないと」

「決闘ってなんですか？」

クローセルが首を傾げる。

「あれ？　話してなかったっけ？」

「そういえば妹のネネさんが言っていたような……」

確かに、ネネに降霊術を習う前、その話をしていた気がする。

「実は明日、学校で決闘をするんだ」

「えっ⁉　そんな、危なくないんですか⁉」

クローセルが心配する。

「別にそんな危ないものじゃなくて……」

それから僕は説明した。

学校では魔術の腕を磨くために、生徒間でよく決闘が執り行われること。

もちろん命を賭けたものではないので安心してほしいこと。

怪我をすることはもちろんあるが、優秀な治癒魔術師がいるので問題ないことなど。

「ルールはどちらかが戦闘不能と判断されるまで魔術を撃ち合うことなんだ」

「マスタァアアアア!!　ぜひ、わたくしに応援をさせてください！」

「あ、わたしも応援に行きたいです」

今まで学校に悪魔を連れて行くことはなかった。

というのも学校で僕は馬鹿にされているので、そんな惨めな僕を見せたくなかったからだ。

「うん、いいよ」

けど、明日はそんな僕の汚名を返上する日。

応援に来てくれるなら、それは心強い。

「でも、ほら僕って今まで魔術を使えなかったから、決闘も初めてなんだよね。それに対戦相手は優秀な生徒だから、恐らく僕は決闘に負ける。けど、少しでもいい戦いがしたいんだ」

だから決闘のための準備がしたいんだけど、どうしたらいいんだろう。

「マスター、ぜひわたくしを相手に決闘の練習をしてください！」

と、オロバスから提案を受ける。

「えっ、いいの？」

「ええ、わたくしマスターのためなら、どんな協力も惜しみません！」

「わ、わたしも、ぜひ協力させてください」

というわけで、オロバスとクローセルと共に決闘の練習をすることになった。


「マスター、いつでもいいですよ」

僕らは近くにある原っぱにきていた。

オロバスは僕から少し離れたところで手を振っていた。

ちなみにオロバスには実体化してもらっている。霊の状態だと、そもそも攻撃が当たらないから。

クローセルにはひとまず観戦してもらっている。

「――水よ発現（アギュオクーレ）しろ」

右手に水の塊を出す。

「――発火（エンセンディド）しろ」

左手に火の塊を出す。

今できる魔術はこの二つのみだ。

本当は火、風、水、土の四大元素すべての魔術を覚えてから決闘に挑みたかったが仕方がない。

今から新しい悪魔を召喚するのは、流石に時間がないしな。

ないものねだりしても仕方がないし、この二つでなんとか戦うしかない。

「――火炎球（フエゴ・フラマ）」

左手からオロバス目掛けて炎の塊を発射した。

当然、オロバスに炎の塊が直撃する。

「あ、大丈夫……？」

「わたくしマスターのためなら、この体がいくら傷ついても問題ありません！」

オロバスはそう主張する。

実際、服が焦げた程度で傷一つついていなかったので問題ないのだろう。

「――火炎弾発射（フエゴ・フラマ）」

今度は五つの火の塊を同時に出して、それらすべてを発射した。

「ふはははははっ、わたくしまだまだいけますぞ！」

オロバスは笑いながらそう豪語する。

実際、平気そうだ。

くそっ、どうすればダメージを与えられるんだろう。

てか、冷静に考えてみたら、水を出すことができたのはいいが、この水を使ってどう攻撃すればいいんだろう？

氷に変化させれば攻撃として使いやすいが。

今の自分にはそれはできない。

「ねぇ、クローセル。水ってどうすれば攻撃に使えるかな？」

「そうですね……でしたら、実際にわたしがお見せしましょうか？」

そんなわけで、クローセルに水の使い方を見せてもらうことになった。

「それじゃあ、オロバスさん。いきますよ」

「いつでも問題ありません！」

「えいっ！」

瞬間、大量の水が勢いよく発射された。

「——ぶっ」

オロバスはそう言葉を発するとともに吹き飛ばされ、視界から消えた。

水とはいえ、あれだけの勢いで当てられたら軽い打撲では済まないだろう。

「あ、やりすぎてしまいました」

クローセルは軽い調子で言う。

「えっ、大丈夫なの？」

「オロバスさんも悪魔なので大丈夫だとは思いますが……」

不安そうな調子でクローセルはそう言う。

「ふははははははっ、わたくしまだまだ平気であります‼」

あ、オロバスが戻ってきた。

意外と元気だった。

「クローセル、その、僕でもできそうな魔術を教えてほしいんだけど……」

流石に、今見せられたのと同じのをやれと言われてもできそうにない。

「あわわっ、も、申し訳ございませんっ！　わたし、ノーマン様の事情も考えずにっ！」

クローセルが必死に頭を下げる。

あ、このままだとクローセルがダウナーモードに入るかも。

「クローセル、別に謝らなくてもいいから。うん、怒っているわけじゃないし」

ダウナーモードになったら面倒なので、なんとかフォローする。

「ホント怒ってないですか……？」

「うん、全然怒ってないよ」

「本当ですか……？」

「うんうん」

全力で首を縦にふった。

そしたらクローセルは納得したのか「ノーマン様は本当にお優しいです」と言って満面の笑みになる。

どうやらクローセルの調子は元に戻ってくれたようだ。

「それで、もっと簡単なのはないの？」

「そうですね。でしたら、こんなのはどうでしょう」

それからクローセルはオロバスのほうに向き直り「いきますよー！」と合図を送る。

オロバスが了承したのを見て、クローセルは魔術を発動させた。

「えいっ！」

水が刃のような形状となって、オロバスを襲う。

「ぐっ」

オロバスは両腕を盾にして防ごうとする。

それでも鋭利な刃となった水によって、オロバスの腕は僅かだが切れていた。

「水を薄い状態にして発射することで、刃のようになるんですよ」

確かにこれならコツさえ摑（つか）めばできそうではある。

そんなわけで、水を刃にして飛ばす練習を始めた。

「――水の刃（アクア・エスペイダ）」

刃の形状となった水を発射させる。

すると、刃はうまいぐあいにオロバスの体を斬りつける。

「成功した……」

何十回と練習して、やっとものにすることができた。

「ノーマン様、おめでとうございます！」

「流石、わたくしのマスターです！」

二人とも称賛してくれる。

「あ、そうだ。オロバス、ずっと的になってもらって今更だけど、オロバスも反撃していいんだからね」

何回も攻撃したせいでオロバスは傷だらけだ。

霊の状態になれば、傷はなかったことになるので大丈夫らしいとのことだが、それでも一方的に攻撃するのは悪い気がしてきた。

「いえ、わたくしがマスターに攻撃するのは自分の忠義に反します！」

「けど、決闘の練習だから、オロバスも攻撃してくれないと練習にならないよ」

実際の決闘では、相手がただ立って的になるなんてありえないのだから。

「そうですか……。では、失礼いたします」

オロバスは構えのポーズをとる。

僕も火と水それぞれを両手に出し、いつでも攻撃できるよう準備する。

次からはオロバスは攻撃をかわしてくる。

だから、うまく狙わないと。

オロバスの動きに注視しようと、僕は意識する。

瞬間――。

「えっ、消えた？」

目の前からオロバスの姿がなくなった。

「は？」

次の瞬間、オロバスが目の前にいた。

消えたのじゃなかった。ただ、高速に動いただけ。

僕の目が追いつかなかったから、消えたように錯覚したに過ぎない。

そのことに気がついたときにはすでに遅い。

オロバスの拳が僕の腹にめり込んでいた。

「ぐはっ」

と、息を吐いたと同時に吹き飛ばされていた。

悪魔の力を舐めすぎていた。

後悔したときにはすでに遅く、地面に倒れたと同時に僕は気絶していた。

◆

「う……っ」

僕は目を覚ます。

そうか、気を失っていたのか。

「お兄ちゃん、やっと目を覚ましたのね」

目を開けると、妹のネネの姿が視界に入る。

あれ？　妹がなんで僕の家にいるんだ？

「私が治癒魔術で治さなかったら、最悪死んでいたわよ」

「そうか、ネネが治してくれたのか。ありがとう」

体を見る。

どこもおかしいところはなかった。

「ノーマン様、無事でよかったです！」

がふっ、と抱きつかれる感触を味わう。

見ると、クローセルの横顔が。

そっか、クローセルに心配かけたんだな。

クローセルの体温を感じながら、ふとそんなことを考える。

ん？　待て、触れるってことは実体化しているってことだよな。

え？　なんでこの子、勝手に実体化しているの？

ちなみに実体化したクローセルは羽と天使の輪っかがなかった。

「クローセルがなんでここに？」

「なんでって、クローセルさんが助けを呼んだからに決まっているでしょ。たまたま、私がお兄ちゃんの家に来たからよかったものの……」

ネネは呆れた口調でそう言う。

そうか、助けを呼ぶためにクローセルが実体化して僕を運んでくれて、そこにたまたま妹のネネが家にやってきた感じか。

というか、ネネのやつ今日も僕の家にやってくるとは、よほど屋敷に居づらいんだろうな。

「てか、ネネってクローセルと知り合いなの？」

「あーそっか、実は昨日、お兄ちゃんがでかけている間に、クローセルさんと知り合ったのよ」

昨日って、つまり降霊術のせいで僕が女になっていたときのことだよな。

確かにクローセルと名乗ってはいたが、見た目は似ていたとはいえ、目の前のクローセルとは少し違う。まぁ、でも同一人物だと主張したら、イメチェンしたんだなって思われる程度の違いか。

「ノーマン様が目覚めないので、わたし心配で、心配で……」

クローセルが涙声でそう呟く。

きっと不安で仕方なかったのだろう。

「悪かったな……心配かけて」

そう言ってクローセルの頭を撫(な)でる。

すると、クローセルは気持ちよさそうに「ふへへ」と笑う。

「はぁ、イチャイチャするなら私のいないとこでやってよ」

「イチャイチャって！　僕たちは――」

恋人ではないわけだが、実際に否定したら話がまたおかしくなりそうだし、ここは黙っておくべきか。

「もう元気みたいだし、私は出ていくから。あとは二人だけで、ゆっくりするのよ」

ネネはしたり顔でそう言って、部屋を出ていく。

だから僕たちはそういう関係じゃないんだが。

ネネが変なこと言ったせいで、クローセルは顔を真っ赤にして俯(うつむ)いているし。

まぁ、クローセルはかわいいし、こんな彼女がいたらな、と思わないこともないが、残念ながら彼女は悪魔だ。

人間が悪魔と付き合うとかあり得なすぎる。

「それで、お前はなにをしているんだ？」

僕は部屋にいた、もう一人の人物にそう話しかけた。

「わたくしはマスターの従者失格です……」

そう言っているのは、部屋の隅で膝を抱えて縮こまって座っているオロバスだ。

「わたくし、もうマスターと一緒にいる資格がありません。どうか退去させてください」

ま、マジか……っ。

あれだけ退去を嫌がるオロバスが自ら退去を申し出るとか、ガチで反省しているっぽいな。

「ちなみに聞くけど、なんで思っいきり殴ったの？」

「人間がわたくしの想像以上に脆(もろ)かったんです……」

悪魔の価値観、やばすぎる。

「まぁ、別に怒っていないから、退去させないけどさ」

実際こうして無事だったわけだしね。

「マスタぁあああああ‼　ありがとうございます‼　わたくしこの御恩は一生忘れません‼」

オロバスはいつもの調子に戻ったようだ。

切り替えが早すぎるような気もするけど、まぁいいか。

さて、明日は待ちに待った決闘の日だけど、結局ちゃんとした練習はできなかったな。

第五章　特訓の成果

「ねぇ、今日ホントに学校行くの？」

朝、最近優しくなった妹がわざわざ僕の家に訪ねてきて、そう聞いてきた。

「うん、行くよ」

「私、お兄ちゃんが無理に決闘する必要ないと思うわ。その、彼女さんだって、心配するよ」

だからクローセルは彼女ではないんだが……。

「ネネ、ここだけの話、僕魔術使えるようになったんだ」

内緒話のようにコソッと僕はネネにそう言った。

「う、そ……」

ネネは驚いた様子で僕を見た。

「まぁ、だからお前が不安に思うようなことはないからな」

妹を不安にさせたら兄失格だからな。

だから、あらかじめ妹には伝えておくことにした。

◆

「これから学校に行くわけだか、その前に二人に伝えておくことがある」

オロバスとクローセルを前にして僕は喋っていた。

「伝えておきたいことですか？」

「わたくしマスターの言葉でしたら、どのような言葉でもしかと受け止めます」

二人とも各々の反応を示す。

「それじゃあはっきり言うけど、僕は学校であまり評判が良くないんだ。というのも魔術が使えなかったから。だから僕は今日、色んな生徒にからかわれると思うけど、二人とも大人しくしていてね」

要するに、生徒たちに手を出すなってことを言いたい。

「マスター、お言葉ですが、わたくしマスターを馬鹿にするやからがいたら、許せなくて殺すと思います！」

「うん、だから、そういうことをするなよってことだからね。あと、これは命令だから」

「ははっー、わたくしマスターのご命令とあらば、命をかけて実行する所存でございます」

オロバスはそう言ってひざまずく。

この調子なら、事前に言っておいてよかったのかも。

あらかじめ伝えておけば。オロバスはちゃんと守ってくれるだろう。

「わ、わたしもがんばります！」

まぁ、クローセルは大丈夫だと思うので心配する必要はないか。

◆

「おい、ノーマンのやつ学校に来ているぜ」

「俺、てっきりあいつ今日、学校来ないと思ってたよ」

「昨日学校サボってたしな。てっきり今日もサボりかと」

「わざわざ学校に来てどうするつもりかねー」

「リーガルにボコられに来たんじゃね」

僕が歩くたびに、生徒たちが噂話(うわさばなし)を始める。

オロバスはそれが気に入らないようで、僕の噂話をする生徒皆(みな)に拳を震わせながらガンを飛ばしていた。

まぁ、オロバスは生徒たちからは見えないので、あまり意味のない行為だが、言いつけはちゃんと守るつもりらしい。

「なんだか、皆さんノーマン様のお話ししていますね」

「まぁね」

クローセルの会話に短く返事する。

あまり堂々とクローセルと会話をすると、一人でブツブツ喋る変人になってしまうからだ。

「逃げずに来たみたいだな」

ふと、見ると目の前にリーガルがいた。

「うん、来たよ」

「今なら、謝れば許してやるけどよぉ。ホントは魔術が使えません、ごめんなさいってな」

リーガルは笑いながらそう言う。

「なんなのですか、この人。感じ悪いですね！」

クローセルは怒った調子でそう言う。

オロバスはなにも言わずリーガルをじっと見ていた。多分、本人は睨んでいるつもりなんだろう。見ていて笑いそうになるので、できればやめてほしい。

「言っただろ。この一週間で魔術が使えるようになるって。そんなに疑うなら、今ここで見せようか？」

「はっ、おもしれぇ。楽しみは決闘のときまでとっといてやるよ。それじゃあ、また放課後な」

とリーガルは言って去っていった。

「ノーマン様！　あんなやつ、コテンパンにしてやっちゃいましょう！」

クローセルはそう言うが、実際リーガルに勝つのは難しいだろう。

◆

放課後、決闘場には人だかりができていた。

こんだけ集まるとは、そんなに僕がリーガルにボコられるとこが見たいのかね。

「逃げずに来たみたいだな」

決闘場に来た僕を見てリーガルがそう言った。

「うん、来たよ」

僕は首肯する。

「おい、お前らぁ！　あの落ちこぼれのノーマンが魔術を使えるようになったってよ。本当かどうか皆で確認してやろうぜ！」

リーガルはわざわざ観客席にいる生徒たちに向かって囃し立てるかのようにそう言う。

すると生徒たちは笑い出す。

「今まで魔術を使えなかったノーマンが急に使えるわけないだろう」

「おい、リーガル。いじめるのもほどほどにしてやれよ！」

そんな感じに生徒たちは好き勝手言い始める。

「おら、好きに撃ってこいよ」

リーガルはニヤリと笑って、挑発するかのように手で魔術を撃ってこいと指図する。

リーガルも観客席にいる生徒たち皆も、僕が魔術を使えるわけがないと思っている。

だけど、

「マスター、あんなやつコテンパンにしてやってください！」

「ノーマン様、がんばってください！」

オロバスとクローセルだけは僕のことを応援してくれる。

まぁ、彼らの声は他の生徒には聞こえていないのだろうが、それでも、二人が応援してくれるだけで僕は勇気をもらえる。


よし、と僕は心の中だけで気合を入れる。

まず、意表を突いてやろう。

そう考えた僕はゆっくりとリーガルのいるところまで歩いた。

「おいおい、なんのまねだ？」

リーガルは馬鹿にするような口調でそう言う。

それを無視して、僕は十分近づいたなと判断したら、左手を前にして、詠唱した。

「――火炎球（フエゴ・フラマ）」

「うがっ」

完全に不意をつかれたリーガルはそう言葉を発して、後方へ吹き飛ぶ。

「はっ、本当に魔術を覚えたようだな」

リーガルはそう言って立ち上がる。

「まぁ、つってでも誰でも覚えられるような基礎魔術を、だがな」

そう、火の玉を操れる程度、魔術師なら誰だってできる。

「――火炎球（フエゴ・フラマ）」

とはいえ、今の僕にできることは少ない。

ならば、できることを全力でやるだけだ。

「はっ、二回も同じ攻撃が効くわけねぇだろがッ！」

火炎弾を見たリーガルがそう言って、魔術を詠唱した。

「――消去（コンセレイション）!!」

詠唱と同時、リーガルを守るように巨大な魔法陣が宙に浮かび上がる。

消去魔術。

魔術は大気に無数にいる微細な精霊に命令することで発動する。

であれば、相手が命令した精霊に介入することで、発動した魔術を強制的に打ち消すことができる。

とはいえ、僕の魔術は精霊依存ではないぞ。

「ぐはっ」

再び、リーガルに火炎球が直撃する。

やはり読みどおり、僕の魔術は消去魔術では消えないようだ。

消去魔術はあくまでも精霊に介入する魔術。

悪魔の力を借りて発動させた僕の魔術は消すことができない。

「――水の刃（アグア・エスペイダ）発射」

間髪入れずに次は水の刃を発射する。

「――消去（コンセレイション）!!」

再び、リーガルは消去魔術を使う。

けれど、消えない。

リーガルに水の刃が直撃する。

「おい、どういうカラクリだ？」

血を流しながら、リーガルはそう口にした。

観客たちも異変に気がついてきたようで、ザワザワとし始める。「リーガルのやつ押されてないか……」という観客の声まで聞こえた。

「――火炎球（フエゴ・フラマ）」

リーガルの質問を無視して、再び魔術を詠唱した。

「──突風(ラファガ)！」

リーガルの両手から緑色の魔法陣が浮かび上がる。

すると、そこから突風が発生する。

突風は火炎球と当たり、お互いを相殺する。

「舐(な)めんのもいい加減しろよ。ぶち殺すッ！」

リーガルは吠(ほ)えた。

そして、詠唱を始める。

「固有魔術起動、銀色の世界(ムンド・デ・プラタ)」

結局のところ。

火を放ったり、水を放ったりといった単純な魔術を撃っても消去魔術さえあれば消えてしまう。

ゆえに魔術師は消去魔術で消されない魔術を覚える必要があった。

そうして生まれたのが固有魔術。

魔術を何重にも複雑に組み込み、己の魂に刻み込む。

魂に刻み込むことで、本来であれば膨大に必要な詠唱であったり魔法陣であったりといった工程をいくつか簡略化できるようになる。

リーガルを中心に複数の魔法陣が浮かび上がる。

本来であれば、一つずつの魔法陣を発生させるのに、それぞれ詠唱が必要なはずだが、固有魔術であるため一つの詠唱だけで複数の魔法陣を出現させることができるわけだ。

「俺の固有魔術できっちり殺してやるよ」

リーガルがそう口にした途端、宙に無数のナイフが出現した。

無からナイフの生成。

僕にはどういった原理で、この魔術が起動されているのか想像すらできない。

それだけ上位の魔術だ。

「死ねッ！」

無数のナイフは一斉に僕目掛けて宙を舞った。

防ぎようがないな。

今の僕は、このナイフを防ぐ手段を持ち合わせていない。

ここまでか……。

まぁ、最初から勝てるとは思っていなかったし、自分としては十分やったほうだよな。

「ノーマン様！　危ないっ！」

え？

いつの間にか隣にクローセルが立っていた。

は？　なんでいるの？

「えいっ！」

クローセルがそう言って、両手を前に出す。

瞬間、膨大な量の水が発射された。

大量の水は向かってきたナイフすべてを弾き、そして――

「おい、なんだよ、それ……」

呆然(ぼうぜん)と口を開けるリーガルへと放たれていた。

「ぐはぁっ」

悲鳴を上げてリーガルは吹き飛ばれる。

「勝者っ！　ノーマン・エスランド！」

気絶したリーガルを見て、審判がそう判断する。

「え？　ノーマンが勝ったのか……？」

「う、そ、でしょ……？」

「なんだ、今の魔術？」

「ノーマンのやつあれだけの魔術を無詠唱で放たなかったか？」

観客たちの困惑した声が聞こえてくる。

クローセルの姿が見えない観客からは、僕が魔術を放ったように見えるらしい。

「も、申し訳ありません！　わ、わたし、ノーマン様が傷つくと思ったら、いても立っても居られなくて！　ホント、駄目ですよね……。わたし、ノーマン様があれだけ、生徒に手を出すな、と命令されてたのにそれを破ってしまうなんて……。わたし、ノーマン様のお側にいる資格がありません！」

振り返ったクローセルが涙目でそう謝罪してくる。

「クローセル、別にそんな気にしていないから」

慌ててフォローする。

実際、リーガルが倒れるところを見て、スカッとしてしまったのはあるしね。

そんなわけで、僕の初めての決闘は思わぬ形で勝利を収めることになったのだった。

◆

リーガルとの決闘に勝利した翌日。

僕の学校での評価は一変した。

といっても必ずしもいい方向に変わったわけではなかった。

「なにか卑怯(ひきょう)な手を使ったんじゃないか？」という生徒がいたり、「魔術を使えることをずっと隠していたんじゃないか？」と揶揄する生徒もいた。

他には、消去魔術を使えなかったリーガルを見て、実はリーガルが弱いと主張する生徒もいたり、僕が固有魔術を使っていなかったので、僕は固有魔術を使えない雑魚だ、と言う生徒も出た。


おおむね馬鹿にする対象から不気味な生徒、と思われるようになったらしい。

「ノーマン、どうやら魔術が使えるようになったらしいな」

授業中、ルドン先生が鋭い目つきでそう口にした。

「ええと、はい……」

どうやら決闘で僕が勝ったことをルドン先生も聞きつけたらしい。

「だったら、今説明した風の魔術をここでやってみるがいい」

まだ、風の魔術は覚えていないんだよな。

と内心は思いつつも、僕は「はい」と言って返事する。

「風よ起きろ(レバンタル・ビエント)」

紙に書かれた魔法陣を見ながら詠唱する。

やはりと言うべきか、魔術は発生しなかった。

「どうやらできないようだな」

「まだ、風の魔術は覚えていないんですよ」

「まぁ、君は人より覚えるのに時間がかかるようだからな。精々励みなさい」

いつもなら、ここで他の生徒が茶化してくるのだが、今日は特になかった。

それだけでも決闘してよかった、と僕は思った。

第六章　序列第四十一位フォカロル

「それじゃあ、今日は風の魔術を覚えるために新しい悪魔を召喚しようと思います」

帰宅後、オロバスとクローセルを前にして、僕は宣言をした。

「それで二人に聞きたいんだけど、風の魔術を覚えるのにぴったりな悪魔を知らないかな？」

「マスタァアアアア、申し訳ございません！　わたくしでは力になることができません！」

とりあえずオロバスはそう言って、土下座した。

うん、なんとなくオロバスはこういったことには役に立たないと思っていた。

「クローセルは……？」

「んー、あ、一人だけ心当たりがあります！」

クローセルは考える仕草をしたあと、そう口にした。

どうやら心当たりがあるらしい。よかった。

もし、心当たりがなかったらフルカスに聞くしかないが、この時間に召喚したところで、フルカスは恐らく眠っているはず。

「それで、なんていう悪魔なの？」

「えっと、序列第四十一位フォカロルっていうんですけど……」

クローセルはなにか言いたげに、唇をモニョモニョさせる。

「えっと、クローセル。言いたいことがあるなら、ちゃんと教えてほしいんだけど」

「その、わたし彼女のことすごく苦手なんですよ……」

クローセルは伏し目がちにそう言った。

「だったら、クローセルを一度退去させてから」

「いやです、いやです！　わたしノーマン様と離れたくないです！」

「ええ……」

クローセルもオロバスみたいに退去を嫌がるのか……。

「どっちにしろ、三体同時に悪魔を召喚できるかわからないしな……」

だから、どっちかには一度退去してもらいたいんだが。

そう思って二人を見るわけだが……。

「えっと、オロバスは……」

「マスタァアアアア!!　わたくし退去だけは嫌でございます!!」

まぁ、オロバスはそうだよね。

「そんなオロバスさんばっかりズルいです！　そもそもなんで、オロバスさんはそんなに退去を嫌がるんですか！」

確かにオロバスが退去を嫌がる理由までは知らないや。

「オロバス、なんで退去が嫌なんだ?」

気になったので聞いてみる。

「それは、わたくし魔界に帰るのが嫌なのであります!」

魔界? ふむ、魔界とはなんだ?

「魔界とは、普段わたしたち悪魔が暮らしているところです」

僕が魔界という言葉がわからなかったのを察してか、クローセルがそう説明してくれる。

へー、魔界か。

どんなところなんだろ……。

あまり居心地のよさそうな場所でないことはなんとなくわかる。

「それでオロバス。なんで魔界に帰るのが嫌なんだ?」

「それは、わたくし、魔界にて幽閉されているのでございます……」

幽閉って、つまり牢獄とかに監禁されているってことかな。

「ですので、魔界には帰りたくありません!」

と、オロバスは主張した。

確かにそういう事情なら同情する余地もなくはないが。

「ちなみに、幽閉されるって、なにをやらかしたんだ?」

「それはわたくしが上司に逆らったからです。ですが、わたくしの主はマスターただ一人!ですので、わたくしが上司に逆らうのは必然でもあるわけです！」

と、オロバスはよくわからないことを主張する。

ん、まぁ、悪魔って、想像以上に色々と大変なんだろうな。

「ちなみに、クローセルが退去したくない理由は？」

「そ、それは……その、ノーマン様と一緒にいたいからで……」

と、クローセルは顔を真っ赤にしながら主張する。

クローセルが僕のことを慕ってくれているのは薄々感づいてはいたが。

しかし、それなら少しぐらい魔界に戻っていてもそう不満はないような気が。

「クローセル、風の魔術を覚えたらまた召喚するから、一度退去してもらうのは無理かな？」

「……ノーマン様がそう言うなら仕方がないです。でも、絶対、絶対、すぐ召喚してくださいね！」

と、話がまとまったところで、一度クローセルを退去させる。

「よし、それじゃあ、フォカロルを召喚しよう」

一体どんな悪魔が召喚されるのか楽しみだ。

そういえばクローセルがフォカロルのこと苦手って言っていた理由を聞くの、忘れていたな。

まぁ、仕方がないか。

「——我は汝をノーマンの名において厳重に命ずる。汝は疾風の如く現れ、魔法陣の中に姿を見せよ。世界のいずこからでもここに来て、我が尋ねる事全てに理性的な答えで返せ。そして平和的に見える姿で遅れることなく現れ、我が願いを現実のものとせよ。来れ——第四十一位、フォカロル！」

呪文を唱え終えると魔法陣が光りだす。

そして、人影が現れた。

「え？　天使？」

ふと、そんな言葉が漏れる。

というのも、クローセルのように人影には天使の羽があるように見えたからだ。

「フフフ……わたくしが、天使に見えるのですか？　やはり、羽というのはいいものです」

抑揚のない喋り方だと思った。

そして、光が消え、悪魔の姿がはっきりと視認できるようになる。

確かに羽はあった。

けれど、天使の羽とは全く違う。怪物の羽とでも言うべきか。

人の姿に怪物の羽をつけた、そんな感じである。

髪は乱雑に伸ばしており、清潔感のあるクローセルとはまた違う印象だ。

「それで、なんの御用でわたくしを呼んだのですか……？」

やはり抑揚のない喋り方だった。

「えっと、風の魔術を覚えたくてフォカロルさんを呼びました」

「確かに、わたくしは風の魔術が得意ですが……しかし、なぜ風の魔術を覚えたいのですか？　理由をお聞かせください」

理由？

そう言われるとぱっと出てこない。

今は魔術を覚えること自体が楽しいので、そこに理由とか求められてもなんとも言えないな。

「僕は魔術をたくさん覚えて優秀な魔術師になりたいんです」

ひとまず無難に答えておく。

「なるほど、でしたら却下です。あなたに魔術を教えたくありません」

なぜか、拒否されてしまった。

「えっと、その、駄目な理由を教えてくれませんか？」

このまま収穫もなく引き下がるわけにもいかない。

せめて、理由を聞いてなんらかの対策を立てないと。

「わたくしの力はたくさんの人を殺すことができます」

「はぁ」

「だから、わたくしの力はむやみやたらと他人に教えるべきではありません。なぜなら、人殺しは悪なのですから」

えっと、どゆことでしょう？

人殺しが悪？　悪魔がなにを言っているの？

悪魔って人を殺してなんぼみたいなとこあるでしょ。

「あの、フォカロルさんは悪魔でいらっしゃいますよね？」

「はい、わたくしは悪魔ですが……」

「悪魔が人殺しを悪と断罪するなんて、随分と変わった趣向をお持ちのようですが……」

「わたくし、天使に憧れているんです」

悪魔が天使に憧れているだって？

また、随分とおかしなことを言い始めたぞ。

「この羽も少しでも天使に近づきたいと思って、ガーゴイルから奪って取り付けたんですよ。フフ……似合っているでしょ？　おっと、わたくしとしたことが、ついニヤけてしまいました。天使のようにわたくしも笑うことを控えないと」

そう言って、フォカロルは自分の唇を指で押さえる。

この悪魔、天使に憧れているって、またおかしなことを言い始めたが、しかしやっていることは悪魔的だ。ガーゴイルから羽を奪ったってあたりが。

「そんなわけで、わたくしは天使のように人を導く存在になりたいんです。ですので、わたくしの人を殺せるこの力をあなたに教えるわけにはいかないのです」

「えっと、僕は別に人を殺そうとか全く思っていないんだけど」

「あなたは優秀な魔術師になりたいと言っていました。魔術師は時に戦争で人を殺めることをわたくしは知っていますよ」

確かにフォカロルの言っていることは間違っていない。

魔術が戦争に使われてきた歴史なんて山程ある。

さて、どうしたら彼女を納得させることができるだろう。

考える。

そして、一つ案が浮かんだ。

「ねぇ、フォカロル。君は天使に憧れているって言うけど、具体的に人助けをしているのかい？」

「え、えっと、それは、その、助けたことぐらいはあります」

フォカロルはそう言って、言葉を濁す。

やはり、読みどおり彼女は人助けをあまりしていない。そりゃ、魔界にいたらそう人なんて助けられないよね。

「フォカロル、提案なんだけど、これから一緒に人助けをしないか？」

「人助け、ですか？」

「もちろん断らないよね」

「ええ、そりゃ、わたくしが人助けを断るわけがありません」

フォカロルはそう言って、了承してくれた。

僕の作戦はこうだ。

フォカロルに人助けをさせて、如何に魔術が人を助けるのに有用なのか教えればいい。

そうしたら、フォカロルは僕に風の魔術を教えてくれるはずだ。

そんなわけで、僕とフォカロルで人助けをすることが決まった。

◆

「それで、人助けとは具体的になにをするんですか？」

フォカロルを召喚した次の日、彼女は真っ先に僕に尋ねてきた。

もう遅い時間だったこともあり一度退去させてから、翌朝再び召喚することになったのだ。

「んー、まず、下町に行こうか」

というわけで、僕、フォカロル、オロバスの三人で馬車に乗って下町へと行くことにした。

ちなみに今日は学校が休みなので、朝から自由に行動できる。

「わたくし、下町へ行くのは初めてでございます」

ふと、馬車の中でオロバスがそう口にする。

「そうだね、普段は貴族街から出ないからね」

ここ――ディテル魔術都市国家は、魔術師とそうじゃないもので住む場所がわかれている。

魔術師が住む一角は貴族街。

それ以外の者が住む場所を下町と呼んだりする。

僕の家は一応、貴族街の外れにある。

魔術学校は貴族街にあるため、基本特別な用事がない限り僕が貴族街から出ることは滅多にない。

「それで、その下町とやらに行ってなにをするのですか？」

「まぁ、それは着いてからのお楽しみという感じかな」

そんなわけで馬車は下町へと向かっていった。

「ここが今回の目的地です」

と言って見せたのはまぁ、どこからどう見ても普通の建物。

「ここがなにか？」

「まぁ、中に入ればわかると思うけど」

説明するより実際に見せたほうが早い。

「そうだ。二人とも馬車から降りる前に実体化してくれないかな？」

と、そんなわけで二人とも実体化する。

オロバスは馬人間から、ダンディーな見た目の人間に。

フォカロルは実体化すると、ガーゴイルの翼がなくなっていた。

そして、建物の中にはいる。

「うっ、酒臭いですね」

入った瞬間、フォカロルがそう言う。

確かに、入った瞬間、酒の充満した臭いが鼻をついた。

見ると、ガタイのいい男たちが酒の入ったジョッキを手にして騒いでいた。

まだ昼だというのに、この騒ぎようだ。

僕も中に入ったのは初めてなので、思わずこの様子に驚いてしまう。

「おい、坊主！　ここはてめぇみたいな青臭いガキが来るとこじゃねぇぞ！　さっさと帰りな！」

「僕、魔術師なので」

「ああん？　魔術師ってことは貴族か。俺は貴族は嫌いだね」

「そこのあなたぁああああ！　今のはマスターへの侮辱と受け取りました！　心優しいマスターが許しても、わたくしは許しません！」

「ああん？　てめぇ、やる気かぁ？」

オロバスと男がお互いににらみ合う。

すると、他の席にいた男たちが「喧嘩が始まったぞぉ！」と叫んで、集まってきた。

「オロバス、あまりやりすぎるなよ」

　僕はそれだけ指示を出し、カウンターへと向かった。カウンターには受付係らしき人が佇（たたず）んでいた。

「初めてきたのですが、冒険者の登録をお願いしたいのですが」

「さきほど会話を聞いていましたが、魔術師でよろしいでしょうか？」

「はい、そうです」

「そちらの彼女は？」

「そ、そうですね……」

「彼女も魔術師です」

　言葉が詰まったフォカロルに代わって僕が答える。

　おそらく魔術が使えるんだし、魔術師ってことにしといたほうがいいだろう。

「そこの奥で喧嘩している男は？」

「彼はえっと、格闘家です」

　オロバスは武器とかを持っていたら、剣士や槍使（やりつか）いなんだろうが、持っていないので格闘家ってことにした。

「それで、ここは一体なんなのですか？」

「見て、わからない？」

「わからないです」

「ここ、冒険者ギルドだよ」

「冒険者ギルド……？」

「んー、つまり、人助けをするところ」

「はい、登録が終わりました」

フォカロルと会話しているうちにカウンターにいた受付の人がそう言った。

「こちらがギルドカードになります。三人分あります」

「ありがとうございます」

そう言って、三人分のギルドカードを受け取る。

「最初はみなさんEランクですが、功績をあげるたびにランクが上がる仕組みになっています」

「はい、わかりました」

まぁ、冒険者として活動するのは今回限りなので、ランクが上がることはないだろう。

ディテル魔術都市国家の貴族、つまり魔術師はあまり冒険者ギルドに興味がない。

むしろ野蛮だ、と考えている節もある。

相当貧乏な魔術師が、金稼ぎの一貫で冒険者として活動することがあるぐらいだ。

ギルドの掲示板に行くと、様々な依頼があった。

魔物狩りから犬探しまで、内容は千差万別だ。

そう、冒険者ギルドに来たのは依頼を受けることで、人助けをしようという魂胆なわけだ。

その目的に合致した依頼となると、

「あった」

と言って、僕は一枚の依頼書をとる。

そこにはこう書いてあった。

『荷台の護衛』と。

ふと、見ると、オロバスと喧嘩していた男たちは仲良くお酒を飲んでいた。

見てない間に、なにをやっているんだ、こいつは。

「おい、行くぞ。オロバス」

「はっ、マイマスター！　わたくし、準備万端でございます！」

とか言っているオロバスは酒臭い。

ホントに大丈夫か、こいつ。

と内心思うのだが、まぁ、連れて行くことにする。

◆

「それで、君たちか。今回、護衛してくれるというのは」

依頼書に書いてあったところに行くと、そう言って出迎える複数の行商人の姿があった。

中には女子供を乗せた荷馬車もあり、そこそこ大規模な移動をするらしいことがわかる。

「ええ、そうです」

「見たところ子供じゃないか」

「ですが、僕は魔術師ですし、彼女も優秀な魔術師ですのでご安心していただけるかと」

「これはこれは魔術師の方々でしたか。それでしたら安心だ」

というわけで、行商人の護衛が始まった。

行商人が荷台を引いた馬車を引き、僕らはその荷台に乗り込む形で隊列は進んでいった。

聞くところによると、途中隣町に行く際に必ず通らなくてはならないオスクロ森林に魔物が出現するらしい。

それゆえに、ギルドに護衛を頼んだとのこと。

「まぁ、滅多に魔物が出る森林ではないんですがね」

と、行商人の一人がそう口にする。

もし魔物が出現しなかったら、僕らの出番はないかもしれない。

ちなみに、オロバスは荷馬車の中で盛大に眠っていた。

どうやら酒を飲んだのが原因らしい。

こいつ、荷馬車から放り出してやろうか、という考えが一瞬だけ頭の中をよぎる。

「フォカロル、少しは僕に風の魔術を教える気になった？」

「意味がわかりません。なぜ、わたくしがその気になると思ったのですか？」

やっぱり、そう気が変わるわけがないか。

「これを通して、魔術が人の助けになることを伝えられたらな、と思ったんだけど」

「別に魔術がなくても人を助けることは可能です。現に、あのギルドにいた人たちのほとんどが魔術師ではないと聞きました」

確かに、冒険者のほとんどが魔術師ではない。

彼らは剣術や槍術（そうじゅつ）などを用いて魔物に対抗する。


そもそもの話、魔術とは魔力を用いて現象を起こすことなのだが、実のところ、魔力は魔術師だけが持っているわけではない。

人が体を動かしたり、なにかを考えたりする、という誰にでもできる行為自体にも魔力が必要と言われている。

では魔術師とそれ以外とでは、なにが違うかというと魔力の絶対量である。

魔術師は莫大（ばくだい）な魔力を持ち合わせているので、その魔力を用いて精霊などを操ることができるわけだ。

で、彼ら剣士や槍使いも、実を言うと己の持つ少ない魔力を活用している。

特定の呼吸方法や、型と呼ばれる特殊な動きを用いることで少ない魔力を増大させ、肉体を強化するらしい。

彼らはそういった一連の動作をマナ操作と呼ぶ。

マナと魔力は結局、同じものを指すわけだが、マナという呼び方に彼らなりのポリシーがあるらしい。

熟練の剣士や槍使いだと、並の魔術師を圧倒するものもいるんだとか。

余談だが、マナ操作を魔術師たちは強化魔術と呼ぶ。

だが、強化魔術は野蛮な術だとされており、あまり使い手がいない。僕ももちろん、強化魔術なんて覚えようとしたことがない。

「しかし、一向に魔物が出る気配がありません」

「まぁ、出ないにこしたことはないんだけどね」

フォカロルとそんな話をする。

と、そのときだ。

「きゃぁあああああ!!」

悲鳴が聞こえた。

別の荷馬車からだ。

僕は慌てて、立ち上がる。

けれど、僕よりフォカロルのほうが反応が早かった。
彼女は転がるように荷馬車を降り、悲鳴のほうへと駆けていった。
「ふんッ！」
彼女は鼻を鳴らす。
すると、両手から風を出し、今にも子供に飛びかかろうとしていた魔物を吹き飛ばす。
「巨大爪狼（ガラ・ローボ）か」
倒れた魔物を見て、僕はそう判断する。
巨大爪狼（ガラ・ローボ）の特徴。それは集団で人を襲うこと。
案の定、森の茂みに多数の巨大爪狼（ガラ・ローボ）が潜んでいた。
これは少し厄介なことになったかもな。
僕は内心そんなことを考えていた。
ついでながら、オロバスはグースカと眠っている。起きる気配は一切なし。
ならば、二人でこの状況を乗り切るしかない。
「――火炎球（フエゴ・フラマ）」
僕は詠唱する。
それと同時に左手を中心に魔法陣が浮かび上がり、僕は火の塊を発射した。
そして、巨大爪狼（ガラ・ローボ）の一匹に命中させる。

けれど、威力が弱いのか、巨大爪狼(ガラ・ローボ)は倒れる気配もない。


ならば――

「――火炎弾発射(シンコ・フエゴ・フラマ)、五連射！」

五つの火の塊を当てて、やっと巨大爪狼(ガラ・ローボ)は倒れる。

けれど、これじゃあ効率が悪いな。

多数の巨大爪狼(ガラ・ローボ)が森の中にまだ潜んでいる。

「ふんッ！」

フォカロルのほうを見てみると、無詠唱で突風を起こして、巨大爪狼(ガラ・ローボ)を次々と倒していく。

流石、悪魔といったところか。

僕とは威力が大違いだ。

巨大爪狼(ガラ・ローボ)たちもフォカロルの強さに恐れをなしたのか、徐々に後退していく。

この調子なら、なんとかなりそうだな。

「いたいっ‼」

後方から悲鳴。

見ると、後ろに回り込んだ巨大爪狼(ガラ・ローボ)が少女の腕に引きちぎるような勢いで噛(か)み付いていた。

巨大爪狼（ガラ・ローボ）はその少女を人質にでもとったかのように、噛み付いたまま離れない。

咄嗟（とっさ）にかまえて詠唱する。

「――水の刃（アグア・エスペイダ）発射」

水の刃は巨大爪狼（ガラ・ローボ）の頭部を直撃。

巨大爪狼（ガラ・ローボ）は少女の腕を離す。

「死んでくださいッッ!!」

気がついたフォカロルが声高にそう叫んで、風で作った槍を巨大爪狼（ガラ・ローボ）に直撃する。

すると、弾けるように巨大爪狼（ガラ・ローボ）の肉体が砕け散った。

それを見た他の巨大爪狼（ガラ・ローボ）たちは完全に怖じ気づいたようで、一目散に逃げていく。

どうやら、巨大爪狼（ガラ・ローボ）の驚異は去ったらしい。

「あ、あのっ！　む、娘を助けてくださいっ！」

その人は、さきほど巨大爪狼（ガラ・ローボ）によって腕を噛まれた少女を抱えていた。

少女はぐったりとした様子で気を失っている。

「ま、まずいな。このままだと、最悪死ぬかもしれない」

巨大爪狼（ガラ・ローボ）の爪や牙には、傷つけたものを病で冒す力がある。

このまま放っておけば、仮に死は避けられても、腕は使い物にならなくなり切断しないといけなくなる可能性が高い。

すぐ対策しないと、まずいが。

「あなた、魔術師でしょッ！　早く、この子を治してくださいッ！」

いつもは表情が硬いフォカロルが必死の形相で訴えてきた。

「僕にはできない」

「な、なんでですかッ！」

「僕は火と水の魔術しか使えない。治癒魔術は最低、火、水、風、土、すべての自然魔術を覚えて使えるようになる」

治癒魔術は火、水、風、土、すべての魔術を覚えて初めてスタート地点に立てるのだ。

さらには錬金術に占星術などなど、たくさんのことを覚えなくてはならない。

それだけ人体の構造は複雑だ。

もしくは天使の力を借りる方法もあるが、悪魔を使役している僕にそんなことできるわけがない。

「う、そ……」

フォカロルが焦悴しきった顔つきで僕を見る。

僕はなんて無力なんだろう。

もし、ここにいるのが妹のネネならなんとかなったかもしれない。

くそっ！

僕は自分の拳で膝を叩いた。

いや、待てよ。

一つ、僕にできることがある。

「おい、フォカロル。治癒が得意な悪魔を教えろ！」

そうだ。

僕には治癒魔術はできないけど、悪魔召喚ならできる。

「え、えっと、じょ、序列十位ブエルです」

慌てた様子でフォカロルが答える。

「ブエルか」

時間が惜しい。

時間が経てば経つほど、少女の腕は完治しなくなる可能性が高くなる。

だから、悪魔を退去させる暇はない。

やったことがない三体同時召喚を土壇場でやることになる。

ホントは人のいる前で悪魔召喚をしたくなかったが、彼らは魔術に関しては素人。悪魔召喚だってわかるはずがないから、その点不安はない。

懸念があるとすれば、ここが僕の部屋じゃないということ。

つまり、いつも悪魔召喚に使っている魔法陣がここにはない。

けど、やってやる――ッ！

僕は魔導書『ゲーティア』のブエルのページを開いた。

僕は火の魔術や水の魔術を使うとき、空中に魔法陣を出したうえで魔術を実行している。

それはシジルそのものに魔法陣が刻み込まれているおかげで、自然と完璧な魔法陣が出現するようになっているからだ。

あれと同じように今から空中に魔法陣を作り出す。

目をつぶれ。

まず、魔法陣を頭の中で完璧にイメージする。

そして、宙に無尽蔵にあるとされるエーテルを感じろ！


光とはなにか？

それは宙にあるエーテルの振動によって発生するものだ。

であれば、エーテルを意図的に振動させることで、空中に自由に魔法陣を描くことができる。

「光れっ！　光れっ！」

僕は念じながら、エーテルに魔力を送る。

けれど、光らないっ！

くそっ、僕には精霊と同じようにエーテルも制御できないのか！

「諦めないでくださいッ！」

声に振り向くと、フォカロルが僕の手を握る。

「わたくしと一緒にイメージをしてください！」

フォカロルが必死の形相で叫んだ。

僕は首肯し、もう一度目を閉じる。

すると、なんだろう。フォカロルの手から魔力の流れのようなものが濁流となって伝わってくる。

魔力の中にあるフォカロルの感情や思いも一緒になって伝わる。

フォカロルが天使に憧れている。その本気さが伝わってきた。

その流れてくるものの一つに、エーテルの感覚も含まれていた。


こういうことか！

感覚を身につけた僕は目を開け、頭の中で思い描いていた魔法陣を宙に出現させた。

これで召喚できる！

「――我は汝をノーマンの名において厳重に命ずる。汝は疾風の如く現れ、魔法陣の中に姿を見せよ。世界のいずこからでもここに来て、我が尋ねる事全てに理性的な答えで返せ。そして平和的に見える姿で遅れることなく現れ、我が願いを現実のものとせよ。来れ――第十位、ブエル！」

元から光っていた魔法陣がさらに眩（まぶ）しいくらいの光を放つ。

成功した……！

同時に、ドッと疲労感が体を刺激し、一瞬よろめく。

流石に、三体同時召喚は体力を使うらしい。


そして、一人の悪魔が現れた。

その姿は異形のものだった。

獅子の顔、そして顔の周りを囲うように五本の足がついている。

「うひゃひゃひゃひゃひゃッッ！！　ここは人間界かッ！　人間をたくさんぶちのめしてやればいいいいのかッッッ!!」

発する言葉は典型的な悪魔とでもいうべきものだった。

「フォカロル！　まず、拘束する。十秒時間を稼げ！」

「り、了解です！」

今にも暴れだしそうなブエルを止めるべく、そう命令を出す。

「人間の匂いがたくさんするなッッ!!　こいつらを食えばいいのか！」

「やめてくださいッッ!!」

ブエルが勝手に動こうとするのをフォカロルが風を動かし、阻止する。

今のうちに。

「――我は汝、第十位ブエルに厳重に命ずる。我は汝を拘束する。速やかに、その場にとどまり一切の行動を禁止する。我の命令のみを聞き入れたまえ。汝が我に服従しないのであれば、我の名において、汝を呪い、汝から全てを奪うであろう」

　言い終えた瞬間、ブエルの動きが固まった。

「喋るのを許可する」

「うひゃひゃひゃひゃひゃひゃッッッ!!　これはなんだ⁉　なにが起きているんだ⁉」

「ブエル、僕と話をしてくれないか？」

「誰だお前？」

「僕はノーマンと言います。あなたにお願いがあって召喚しました」

「うひゃひゃひゃッッ!!　お前が召喚者か。それで誰を喰らえばいい？　悪魔を召喚したんだ、誰かを呪うってことだよなァ！」

「いえ、あなたに治してほしい人がいるんです」

「ん？　どういうことだ？　悪魔に誰かを治してほしいって⁉　いいか、悪魔ってのは破壊と衝動の象徴なんだよォ！　その悪魔に向かって、治せだって？　それは筋違いってもんだぁ！」

「違う。少なくとも、わたくしは破壊を良しとしないです」

　フォカロルが口を挟んだ。

「誰かと思えばフォカロルじゃないか！　貴様こそ、まさに破壊と衝動の象徴じゃないか！」

「違う、わたくしは……っ」

「おん？　なにを言っているんだ？　だってお前は今までたくさん殺してきたじゃないか！」

「違うっ、違うっ」

「肩肘張らないでよ、もっと自由に生きようぜ、フォカロル！　破壊と衝動、それが悪魔ってもんよ！」

「だから、違うって――」

「フォカロル、一旦落ち着け」

僕はそう言ってフォカロルの手を握る。

「今は言い争いをしている場合じゃないだろ」

こうして時間を浪費すればするほど少女の腕の状態はより悪化していくんだ。

「は、はい……」

フォカロルは恥ずかしそうに俯(うつむ)いて返事をした。

「ブエルさん、確かに悪魔は破壊と衝動の象徴かもしれない。けれど、あなたは聞くところによると治癒が得意だそうじゃないか」

「うひゃひゃひゃ！　そうさっ！　俺は悪魔なのに、破壊より治すほうが得意なんだよ！　悪魔なのにだ！」

「そんなあなただからこそ、折り入ってお願いがあるんです。そこの彼女の腕を治してほしいんです」

「いやだね！　だって俺は悪魔だからさぁ！　うひゃひゃひゃ！」

ブエルは下品に大口を開けて笑い出す。

「あなたねっ」

それを見たフォカロルが目をキッとして睨み、前に進み出る。

僕は「任せて」と言って、彼女を無理やり下がらせる。

「だったら僕にも考えがある」

「考えだと？」

「そうだ、お願いじゃなくて命令だ、ブエル。彼女の腕を治せ」

「うひゃひゃ！　従うわけがないだろうが！」

「だったら僕も悪魔らしくやらせてもらう。言っただろ、従わなかったら呪うと」

「あん？」

ブエルがそう言葉を漏らすと同時に、ブエルの全身に異変が起きた。

「おいおい、なんだこりゃ！　苦しいじゃねぇか！」

拘束の呪文は悪魔を拘束するためだけの呪文ではない。

従わない悪魔を呪う。

それがこの呪文の本質だ。

ブエルの全身を邪気のような黒い炎が包んだ。

「体が熱くてどうにかなってしまいそうだぁ！」

「もう一度聞く。僕に従うか？」

「うひゃひゃひゃッ！　従う、従うさ！　従うしかないだろっ！　早く、この呪いを解いてくれっ！　死んじまいそうだ！」

「呪い解除」

そう言うと、ブエルを包んでいた黒い炎は消えていく。

「それで、この娘の腕を治せばいいのかァ？」

そう言って、ブエルは少女のほうへと振り向いた。

「意外と素直なんだな」

ふと、思ったことを口にした。

拘束の呪文で苦痛を与えたとはいえ、あっさりと言うことを聞く気になったブエルに対してそんな感想を抱いた。

「処世術だよ。魔導書『ゲーティア』を使いこなしている人間には逆らわない方がいいってな」

そう言って、ブエルは下品な笑い声をあげる。

ともかくブエルが素直に言うこと聞いてくれそうでよかった。

「あ、あの……どなたかと喋っているのですか？」

ふと、少女を抱えた母親が質問をしてくる。

そうか、ブエルのことを見えていない人たちには僕が独り言を話しているかのように見えるのか。

「ええ、今、あなたの娘さんの怪我を治してくれるっていう天使と対話しています」

「天使ですか!?」

途端、母親は驚きとともに笑顔を浮かべていた。

他の人たちも天使の単語を聞いて、喜びに声をあげる。

悪魔を召喚したなんて言うわけにいかないし、ここは天使と言っといたほうが無難だろう。

「うひゃひゃひゃひゃ、俺を天使扱いだってよ。人間はどんだけ間抜けなんだぁ！」

とか言ってブエルは笑っているが。

その後、ブエルは命令通り少女の腕を治してくれた。

「次召喚するときは俺に破壊する命令をくれよなぁ！」

ブエルは去り際そう言って、退去していった。


「此度(こたび)は娘の腕を治していただいて、大変ありがとうございました」

その後、怪我をした娘の母親がお礼を言って深く頭を下げてきた。

結局、あの後、他の魔物に襲われるといったこともなく、無事護衛を終えることができた。

「いえ、そもそも娘さんに怪我を負わせたのが僕らの不手際でしたので、こちらこそ大変申し訳ございませんでした」

そう言って、僕の方も頭を下げる。

「その、まだ子供だというのに大変しっかりされた方なんですね」

なんて感じで母親から褒められた。

「おにーちゃん、おねーちゃん、腕なおしてくれてありがとねー！」

ばいばーい、とすっかり元気になった娘が去り際、手を振ってくれた。

それから行商人の方々からもお礼を言われた。

実際に魔物から守ってくれたということで、報酬には多少の色をつけてくれた。こういうとき、下手に断るより受け取ったほうがいいだろう、と考え、僕はありがたくそれを受け取った。

「その、ありがとうございました……」

帰り際の馬車の中で、フォカロルがそう口にした。

「僕はなにもしてないよ。魔物を追い払ったのはフォカロルだし、怪我を治したのはブエルだ」

そう、本当に今回僕はなにもしていない。

自分の未熟さをただ痛感させられただけだ。

「けど、あなたがいなかったら、少女の怪我は治せないままでした」

「でも、実際に治したのはブエルだ」

そう僕が反論すると、フォカロルはなにかを言いたげに口を膨らませる。

「今回の件で、わたくしがいかに未熟かを思い知らされました」

　フォカロルは見るからに落ち込んでいた。

　別にフォカロルが落ち込むようなことはないと思うんだが。

「あなたに風の魔術を教える件、引き受けます」

「えっ、本当⁉」

　僕は驚く。

　色々あったけど、フォカロルがその気になってくれたということで、今回の人助けは大成功というわけだ。

「ですが、条件があります」

　喜んでいる僕に水を差すかのように彼女はそう言った。

「その条件とは？」

　風の魔術のためだ。僕ができることなら、なんだってやるつもりだ。

「わたくしをあなたに仕えさせてください」

　ん？　どういうこと？

「天使は主に仕える存在です。ですので、わたくしもそれを真似て、あなたに仕えると決めました」

　フォカロルは僕の前で膝をつく。

「よろしくお願いします。我が主様」

彼女はそう言って、手を伸ばす。

「う、うん、よろしく……」

僕は彼女の手をとって、そう答えた。

彼女にどういった心境の変化があったのか、僕には知る由もないが、風の魔術を覚えるためなら、この程度そう問題もないだろう。

「そういえば、オロバスさんがいないですね」

「はっ⁉　荷馬車に置いてきちゃったかも⁉」

オロバスが荷台でぐっすり眠っていたせいで、その存在をすっかり忘れてしまっていた。

まぁ、オロバスなら、ほっといても自分で戻ってくるか。

◆

「よし、それじゃ早速風の魔術を覚えよう‼」

荷台の護衛を無事に終えた翌日。

僕は朝からはりきっていた。

ちなみに今日も学校は休みなので、朝から活動できる。

「それでご主人様、一体なにから始めるんですか？」

「ご主人様って僕のこと？」

「人間界では自分の主をそう呼ぶと聞きました」

「まぁ、いいんだけどさ……」

呼び方なんて好きにしたらいいと思うのだが、ご主人様という呼ばれ方はなんだか照れくさい。

「ちなみにその格好はなに？」

格好とは、なぜだかフォカロルはメイド服を着ていた。

「形から入るべきかと思いまして魔界から取り寄せました。どうです？　似合っていますか？」

「うん、似合ってはいると思うけど」

実際、メイド姿のフォカロルは様になっていた。

まぁ、正直な話、フォカロルの見た目は可愛らしいので、どんな服を着たって似合うと思う。

「フフフ……ご主人様に褒められました。おっと、わたくしとしたことが思わずにやけてしまいました。はしたないです」

フォカロルは褒められたのが嬉しかったようで、口元をニマニマさせていた。

フォカロルは一見、表情が硬くなにを考えているのかわからない印象を受けるが、こうしてよく観察してみれば、実際は表情豊かなのが知れる。

「と、そうだ。クローセルを召喚してあげないと」

本当は風の魔術を覚えてから召喚しようと思っていたが、ブエルを召喚したことで三体召喚が可

能なのがわかったのでクローセルを召喚することにする。

今度、何体まで同時に召喚できるか限界を試してみてもいいかもしれない。

「クローセルですか？」

と、フォカロルが首を傾げる。

「僕に水の魔術を教えてくれた悪魔。寂しがってるだろうし、召喚しようと思って」

「そうなんですか」

と言ってフォカロルは納得する。

そんなわけでクローセルを召喚した。

「うわぁあああああん、ノーマン様、寂しかったですよぉおおお‼」

召喚されて早々、クローセルが抱きついてきた。

瞬間、クローセルの胸が当たる。

うん、柔らかいです。

「ク、クローセル。なに、勝手に実体化してるんだよ……」

「だって、寂しかったんですもん」

だからって、気軽に抱きつかれるのはなんというか困る。

「なに堕天使風情がご主人様にくっついているんですか」

「ぎゃー、痛いっ、ちょ、誰ですか、髪引っ張らないでください！」

フォカロルがクローセルの髪を盛大に引っ張っていた。

フォカロルもクローセルの髪に触れるってことは実体化しているってことだよな。

「って、フォカロル！　なんであなたがここにいるんですか⁉」

「私はご主人様に仕える身なので、ここにいるのは当然です」

「ご主人様って……ノーマン様、フォカロルとなにがあったんですか？」

クローセルは僕にだけ聞こえるようにこそっと耳打ちをする。

「僕もよくわからないけど、なぜかそういうことに……」

「う～っ、わたしあの人苦手なんですよ～っ」

そういえば、フォカロルを召喚しようってときにも、クローセルは同じことを言っていた。

「なんでフォカロルのことが苦手なんだ？」

フォカロルは変わっているとはいえ、別段苦手になるような面倒くさい性格をしているとは思えない。

「あの人、天使に憧れているとかいう変な人じゃないですか。だから、わたしみたいな堕天使を目の敵にしているようなところがあって」

「あー、なるほど」

フォカロルにしてみれば、せっかく天使だったのに堕天するような存在は面白くないのだろう。

「ご主人様、あまり堕天使と親しくしないほうがいいですよ。こいつら穢れていますので」

「ちょ、け、穢れているってなんですか⁉　失礼なっ。って、なにさり気なくわたしからノーマン様を取り上げようとしているんですか⁉」

「あまりご主人様とくっつかないでください」

「いやです！」

クローセルとフォカロルが僕をめぐって言い争いを始める。

その間、僕を双方から引っ張り合うので……めちゃくちゃ痛いんだけど！

「ご主人様、この堕天使は自分の主を裏切った経験があります。あまり信用しないほうがいいですよ」

「あ、わたし今ブチ切れそうです。あなたみたいな下等な悪魔にそんなこと言われる筋合いないと思うんですよね」

二人とも立ち上がって、お互いににらみ合う。

今にも殴り合いを始めそうな雰囲気だ。

「なら、どちらがご主人様に相応しい悪魔か決めるのはどうでしょう」

「いいですね。それで、決め方はどうします」

「フヒヒッ、もちろん悪魔らしく殺し合いでしょう」

「いいですね、わたし好きです。嫌いなやつを殺すの」

いつも表情を変えないフォカロルが不気味な笑みを浮かべていた。

いつも笑顔のクローセルは瞳孔を開いてフォカロルを睨んでいた。

え？　超こわいんですけど。

悪魔ってやっぱりこわいんだな。

「あ、あの二人とも落ちついて……」

二人をなだめようと、僕はそう言うが、うん、二人とも話を聞く気配もないや。

さて、どうしたものかと、僕が頭を悩ましているとき――

「お兄ちゃん、遊びにきたよー！」

と言って、扉を開ける妹のネネの姿があった。

だから、なんで勝手に家に入ってくるの⁉　鍵はどうした？　鍵は。

さて問題です。

僕の部屋で女の子二人が言い争いをしていました。妹の目にはどう映るでしょう？

「修羅場っっ‼」

「なんでそうなる⁉」

「お兄ちゃんが汚れてるぅぅぅ‼」

ネネはそう叫びながら玄関へと走っていった。

ついでながらクローセルとフォカロルは我に返ったようで気まずそうに俯いていた。

この二人はほっといても大丈夫みたいだし、僕はネネを追いかけた。

「ネネッ‼」

「ひぃっ！」

なぜかネネは不快なものでも見るような目で僕を見た。

「誤解だからな……」

「私、お兄ちゃんはクローセルさん一筋だと信じてたのに」

「いや、そもそも……」

俺とクローセルはそういう関係じゃないんだが……どうやって誤解を解くべきか。

「他の女にも手を出すなんて最低っ！」

だからフォカロルに手を出した覚えはないんだが。

「しかもその女の人にメイド服着せるなんて！　変態なのっ⁉」

しかもネネはちゃっかりフォカロルの格好まで把握していたようだ。

「だから誤解なんだって……」

「だったらどういうことか説明してよ」

と言われてもだな。

なんて説明すれば……。

もちろん悪魔のことを話すわけにいかない。

「彼女たちは僕に魔術を教えてくれてるんだ。僕が最近魔術を使えるようになったのも彼女たちのおかげなんだよ」

あながち嘘でもないことを言う。

「じゃあなんで喧嘩してたのよ」

「それは決して修羅場とかじゃなくて、ただ魔術の理論について言い合いしてたんだ」

「でも、クローセルさんももう一人の人も学校では見たことないわ」

妹ながら、痛いとこをついてくるな。

「彼女たち見るからに僕より年上だろ。学校じゃなくて高等学院に通ってるんだよ」

今通っている学校を卒業したら通う高等学院の生徒だと主張すれば、なんとか辻褄は合うか。

「どこの学院に通っているの?」

「ゼノクス高等魔術学院」

一番最初に思いついた学院の名前を言ってみる。

「ゼノクス高等魔術学院だなんて、凄い優秀じゃないと行けないとこじゃない! すごい!」

途端ネネは目を輝かせた。

どうやらこの調子ならうまくごまかせそうだ。

嘘に嘘を重ねる結果にはなったが、まぁ彼女たちが優秀なことに間違いはないので問題ないか。

「そっか、お兄ちゃんが魔術を覚えたのはクローセルさんたちのおかげなんだ。私もぜひ、魔術を教えてもらいたいわね」

「そうだな、機会があったらお願いしてみるよ」

まぁ、そんな機会は一生こないけどな、と思いつつテキトーに会話をこなす。

その後、ネネの話に合わせることで、なんとか誤解を解くことに成功したのだった。

◆

「よしじゃあ、風の魔術を覚えるための特訓を始めようか」

ネネを家まで送った後、いつもの原っぱにてそう口にしていた。

「それでご主人様、具体的になにをするんですか?」

「そっか、フォカロルにはちゃんと説明してなかったね」

というわけで説明する。

僕は通常の方法である精霊を操ることで発現する自然魔術が使えないこと。

降霊術を用いて火と水の魔術を覚えたことなどを。

「なるほど、確かにその方法でしたらご主人様も風の魔術を覚えることができますが……」

フォカロルはそう言いつつも、なにか懸念があるのか眉をひそめる。

「なにか心配事が?」

「いえ、その……すでにご主人様は二体の悪魔を降霊させたというわけですよね」

「うん、そうだけど」

「無用な心配かもしれませんが、三体以上の降霊はご主人様の体に負担になるかもしれません。というのも――」

フォカロルの説明によると、肉体に流れる魔力は右と左でそれぞれ独立しているらしい。

より正確に言うならば、完全に独立しているわけではないのだが、その話をすると長くなるため割愛する。

ともかく、二体の悪魔を降霊させても、右と左でそれぞれ役割分担できるためそう問題はなかった。

けれど三体以上となるとその理論が役に立たないゆえに体への負担が大きくなるんだとか。

「けど、ノーマン様なら恐らく大丈夫かと」

と、クローセルが口を挟む。

「どうして、そう言い切れるんですか?」

反論されたのが気にくわなかったのか、フォカロルは不機嫌そうに口を尖らせていた。

「だってノーマン様はわたしの全てを降霊させてしまいましたが、無事生還しましたので」

「そんなことが……っ」

フォカロルは信じられないとでも言いたげに目を見開く。

「そういうことでしたら恐らく大丈夫かと……」

フォカロルは納得したかのように頷(うなず)いた。

「なら、早速やってみようか」

まず降霊術のための魔法陣を用意し、僕とフォカロルを繋(つな)ぐために魔導書『ゲーティア』をその上に載せる。


そして詠唱した。

「——我は汝をノーマンの名のもとに厳重に命ずる。汝は速やかに、我の肉体に宿れ。汝の知識と力で我を満たせ。汝は己が権能の範囲内で誠実に、全ての我が願いを叶(かな)えよ。来れ——第四十一位、フォカロル！」

以前のようにクローセルの全てを取り込むようなヘマはしない。

フォカロルの百分の一だけを降ろすよう意識する。

「うっ」

肉体に異物のようなものが入り込む。

苦しいっ、けど冷静に体の中の異物を一ヵ所に集めるように意識する。

「成功したか……？」

左手の平、アイムのシジルの裏に新しいシジルが刻まれていた。

「——風よ起これ(エルビエント)」

左手の上空に魔法陣が現れ、それと同時に風が起こる。

成功した。

「おめでとうございます」

「流石です、ご主人様」

クローセルとフォカロルそれぞれが賞賛してくれる。

「ありがとう二人とも」

それから、風の魔術の特訓を始めた。

すでに火と水の魔術を特訓してきたおかげか、それほど苦労せずある程度自由に風を操ることができるようになった。

そんな中、

「ご主人様、火と風の複合魔術についてはご存じですか？」

と、フォカロルに聞かれる。

火と風の複合、そういえばルドン先生の授業で聞いたことがあったな。

「確か、爆発魔術だっけ」

「やはりご存じでしたか」

爆発魔術。

火と風を複合させることで操ることができる魔術。

火の魔術単体に比べて衝撃が大きく、敵にダメージを与えやすい。

しかし、コントロールを誤ると自身も爆発に巻き込まれる可能性があるため、扱いには要注意だ。

ともかく、試しにやってみる。

「——爆破しろ（エクスプロシオン）」

途端、左手を挟むように二つの魔法陣が発現する。

そして——

「あっ」

思わずそう声を上げていた。

というのも、ボフッと左手を巻き込むように爆発が起きたからだ。

一般的な魔術師なら、魔術を発生させる起点をある程度コントロールできるのだが、僕の場合はシジルの影響を受けてしまうため、どうしても魔術の起点がシジルのある手になってしまう。

だからか、今回も左手を起点に爆発が起きてしまった。

当然、爆発に巻き込まれた左手は見るも無残な状態になっていた。

「うっ……」

クローセルとフォカロルに見られているというのに、情けないことに僕の目から涙がこぼれてくる。

めちゃくちゃ痛い……！

「ご、ご主人様っ！　も、申し訳ございませんっ！　わ、わたくしが余計なことを口走ったばかりにっ！」

フォカロルが慌てた様子で頭を下げる。

「あわわっ、ど、どうしよう⁉　な、治さないといけないですよね！　どうしましょう⁉　そ、そうだ、ネネちゃん呼んできますね」

クローセルも慌てて外に飛び出す。

確かに、ネネなら治せるだろう。

それに、ネネの住んでいる屋敷なら、さっきネネを送ったときに、クローセルとフォカロルも一緒についてきていた。

だから、場所も知っているはず。

ただ、実体化したクローセルが僕の実家を訪ねるのは面倒ごとが起きそうな気がして、嫌ではあったが、手が痛すぎてそうも言ってられない。

「どうしたの⁉　お兄ちゃんっ」

数十分後、クローセルに引っ張られるようにして妹のネネが家に入ってきた。

「あ、あのっ、ノーマン様の手がっ」

「なるほど、そういうことねっ！　今すぐ治すわ」

すぐに事態を把握したネネが治療に取りかかる。

「原因は？」

「爆発魔術に巻き込まれて……」

「あー、なるほどね。って考えたら、人馬宮がいいかしら」

そう言って、ネネは伸ばした手を傷口に添えて、こう口にした。

「人馬宮よ。ネネの名において命ずる。その力をこの手で示せ」

詠唱を終えると、傷口に魔法陣が浮かびあがる。

「人体は常に星の影響を受けているわ。病のほとんどが星の影響によるものとされているからね。けど、それを逆手にとる、つまり星の力を利用することで病を治すこともできるってわけ。まぁ、今回は病ではなく怪我だけど」

と、ネネが解説してくれる。

僕が通っている基礎コースでは治癒魔術をまだ習わないので、その配慮だろう。

「ほら、もう治ってきたでしょ」

ネネの言う通り、確かに傷口が治り始めていた。

それから十分ほど経った頃には、手は元通りになっていた。

「ありがとう、ネネ」

ネネの治癒魔術の技術に感心しつつ、礼を言う。

「それに比べて、僕はなんて情けないんだ」

今回の件は、完全に僕の未熟さゆえの失態だ。

ネネがいなければどうなっていたことか……。

「仕方ないでしょ。お兄ちゃんの場合、最近魔術を使えるようになったんだから。自分の魔術で自分が怪我をするなんて誰もが通る道よ」

妹に励まされる。

なんて優しい子なんだろう。

「それより、その手のやつなに？」

あっ。

手のやつ、とは僕の手に刻まれているシジルのことを指しているのだろう。

まずい、もしかしたら悪魔召喚のことまでバレるかもしれない。

「それって、シジルよね」

「えっと……」

なんとかして誤魔化さなきゃ、と思うがなんにも思い浮かばない。

助けを求めてクローセルを見るが、目があったクローセルは「あわわっ」とか言って、動揺しているだけだった。

「もしかして固有魔術の研究をしているの？」

「え？」

固有魔術？　どういうことだ？

「もしかして知らないでやっているの？」

いぶかしげな目でネネが見てくる。

「いや、そう！　固有魔術の研究をしていたんだよね！」

必死に誤魔化すべく、僕は全力で肯定した。

「お兄ちゃんには固有魔術はまだ早いんじゃない？」

そういえば、魔導書で読んだことがあった。

固有魔術を扱うのにシジルが必要だってことを。

固有魔術なんて基礎コースではやらない範囲なので、うっかり忘れていたが。

ともかく、手にあるシジルを見られても固有魔術のためのシジルとしか思われないようだ。これを知れたのは大きな収穫だな。

「僕はみんなよりペースが遅いから早く追いつきたくてさ」

取りつくろうために、嘘をついて誤魔化す。

なんだか最近ネネに対して、嘘ばかりついている気がするな。

「まぁ、お兄ちゃんの好きなようにやればいいと思うけどさ。でも固有魔術をやるなら、ちゃんと先生の指導のもとでやるべきだと私は思うわ。自己流だと、変な癖がついちゃうことが多いから」

「そっか、今度からそうするよ」

ひとまずこれで、シジルに関してはなんとか誤魔化せそうだな。

「それとも、もしかしてクローセルさんがお兄ちゃんに固有魔術を教えてるんですか？」

「えっ⁉」

突然、話を振られたクローセルは口ごもる。

ネネってば、クローセルに話しかけるときはなんだかテンションが高くなるよな。

ちなみにフォカロルは霊の状態のため、ネネには見えていない。

「お兄ちゃんに聞いたんですけど、クローセルさんはあのゼノクス高等魔術学院の生徒さんなんですよね！　そっか、クローセルさんの指導のもとで固有魔術を。それなら、安心ですね」

「え、えっと、えっと……」

話を理解できないのか、クローセルはひたすら混乱していた。

やばい、そういえばさっきクローセルがゼノクス高等魔術学院の生徒だって嘘ついたんだった。

「あれ？　でも、それなら治癒魔術も私じゃなくクローセルさんに頼んだほうがよかったんじゃ……」

やばいっ、すでに嘘にほころびが生じている！

「ク、クローセルは治癒魔術が得意じゃなくてな……」

「そ、そうなんですか？」

「その代わりクローセルは水系統の魔術ならすごいぞ。なぁ、クローセル！」

「そ、そうです！　わたし、水ならなんだってござれって感じです！」

クローセルも話を合わせようと必死に主張する。

「そうなんですか！　私もクローセルさんに水系統の魔術教えてもらいたいなぁ」

ネネは目をキラキラさせて語っていた。

ふぅ、どうやらやり過ごせそうだ。

「き、機会があれば、ネネちゃんにもそのうち教えてあげますよ」

と、クローセルに曖昧な約束をとりつけたあと、ネネは「それじゃあ、あとはお二人でごゆっくりね」と無駄な気遣いを発揮して、家を出て行った。

まず、二人に嘘をついた件について説明しないとな。

「――というわけで、二人はゼノクス高等魔術学院に通っていると、ネネに嘘をついたんだよね」

「悪魔のことを身内とはいえ、そう話すべきではないですしね」

「ええ、わたしたち悪魔のことを無闇に話すべきでない以上、嘘をつくのは致し方ないかと」

「やっぱり、悪魔って世間からしたらイメージ悪いのかな」

すでに何人かの悪魔と知り合った僕としては、そこまで悪魔に対して悪いイメージはないんだが。

「中には人類に害をなそうとする悪魔もいますし、それに悪魔は強大です。その強大さゆえに人類に恐れられるのは致し方ないことかと」

まぁフォカロルの言った通りだよな、と思う。
嘘をつくのは良くないが、この場合やむなしといったところか。
今後も、悪魔のことを隠すたびにたくさん嘘をつくんだろうなぁ。

第七章　序列第二位アグレアス

「今日は土系統の魔術に関する講義を行う」

　壇上にルドン先生が立って講義を始めていた。

　ルドン先生はいつも通り、今日も不機嫌そうだ。

「土は他の三つの系統に比べ、複雑で扱いが難しい」

　それから生徒たちはそれぞれ魔導書を見ながら、土の魔術の練習を始めていった。

「ノーマン、調子はどうだ？」

　ふと、ルドン先生が話しかけてくる。

「まだ、土の魔術はできそうにないです」

「そうか」

「けど、風の魔術なら覚えました」

　この前、風の魔術ができなかったことを思い出し、そんなことを言ってみる。

「ほう」

　ルドン先生はうなずき、

「見せてみろ」

と言った。

僕はうなずくと、左手を出し詠唱をした。

「風よ起これ（エルビエント）」

途端、宙に魔法陣が現れ風が巻き起こる。

「ほう、宙に魔法陣を描くことを覚えたか。まだ教えてなかったはずだがな」

「独学で覚えました」

魔術を見せることで悪魔召喚のことまで見抜かれるんじゃないかと、少しだけドギマギする。

「ふむ、この調子なら上の学院にはなんとか入学できそうだな」

「うーん、入学できればいいんですけどね……」

「なにか、他に問題でもあるのか？」

「いえ、こっちの問題ですので」

僕は実家を追い出されてしまったから、学院に通うのは難しいかもしれない。

一応、最低限の魔術は覚えたとはいえ、火と水、風の魔術が使えるだけではとても優秀な魔術師とはいえない。

固有魔術の一つでも覚えることができたら、胸を張れるんだろうけど。

恐らく、今の僕を見ても、父さんの考えが変わるとは思えない。

もっと精進しないとな。

◆

その日、ある話が学校中で話題になった。

どうやら転校生がこの学校にやってきたらしい。

しかも、元平民で最近、貴族の養子になったという変わった経歴の持ち主なんだとか。

そこまで聞いて、転校生の正体がディミトだってことはピンときた。

ディミトは優秀ということで、最初から一番上の発展コースのクラスへと編入ということになったらしい。


さらに深く話を聞くと、元平民ということである生徒に喧嘩をふっかけられたらしく、ディミトも売られた喧嘩は買うタイプなので、そのまま決闘へと発展した。

ちなみに、その対戦相手というのが、以前僕と戦ったリーガルとのことだった。

以前、僕に負けたのが尾を引いていたらしく本人はここずっとイライラしていたんだとか。それで、ディミトに喧嘩を売ったらしい。

そんな具合で、ディミトとリーガルは決闘をすることになったというわけだ。

リーガルはこの学校において一二を争う優秀な生徒だ。以前、僕がリーガルに勝てたのはクローセルが介入したおかげなだけで、僕なんかよりもずっと強い。

なので、僕はリーガルが勝つだろうと予想した。

結果はディミトの圧勝だったらしい。

僕はその決闘を直接この目で見ていないので、どのような戦いを二人がしたのかはわからない。

だが、ディミトが勝ったため、彼はますます調子に乗っているらしい。

一方、負けたリーガルの株は急落とのことだ。

二回も連続で負けたら、評価が落ちるのは仕方がないことだった。

まぁ、学校内での勢力図が大きく変わったと誰かが口にしていたが、一番下の基礎コースで落ちこぼれている僕にとってはあまり関係ない話だろう。

◆

「それじゃ、土の魔術を覚えようと思うんだけど、良さげな悪魔に心当たりはある？」

クローセルとフォカロルを前にして、僕はそう尋ねていた。

火、水、風ときたら、次に覚える魔術は土の魔術一択だった。

火、水、風、土の四つの魔術は自然魔術と呼ばれ、これらの魔術は覚えて当然の基礎魔術と言われている。

自然魔術を覚えてやっと魔術師としてのスタートラインに立てるという格言が存在するぐらいに。

「それでしたら序列第二位アグレアスがよろしいかと進言致します」

「あー、アグレアスさんなら問題なく教えてくれると思いますよ」

序列第二位アグレアスか。

二人の意見を聞いて問題なさそうなので、アグレアスを召喚することに決める。

けど、一つ問題が。

「四人も同時に召喚できるかな？」

今召喚しているのはクローセル、フォカロル、そしてここにいないオロバスの三人だ。

四人も同時に召喚したことがないので不安ではあるが……。

「それでしたら一度クローセルを退去させたらどうでしょうか」

と、フォカロルがクローセルを名指しして提案してくる。

「勝手にわたしを退去させようとしないでください！」

そりゃクローセルは文句を言うよなぁ。

「いや、一度自分の限界を試してみたいから、このまま召喚してみるよ」

三体同時召喚も意外となんとかなったし、四体もなんとかなるかもしれない。

そんなわけでアグレアスの召喚にとりかかる。

「――我は汝をノーマンの名において厳重に命ずる。汝は疾風の如く現れ、魔法陣の中に姿を見せよ。世界のいずこからでもここに来て、我が尋ねる事全てに理性的な答えで返せ。そして平和的に見える姿で遅れることなく現れ、我が願いを現実のものとせよ。来れ――第二位、アグレアス！」

途端、体内の魔力がごっそりと減っていく感触を味わう。

うっ、と軽い吐き気を催し、なんとか飲み込む。

汗がとまらない。

魔法陣は光らなかった。

どうやら同時に四体の悪魔召喚は無理なようだ。

「そんなわけで、悪いけどどっちかには一度退去してほしいんだけど……」

言うやいなや、二人はお互いににらみ合う。

「フォカロルさん、わたしはノーマン様と一緒にいたいのであなたが退去してください！」

「この堕天使風情がなにを言いますか。わたくしこそご主人様に仕える身として、一時も離れるわけにはいかないのです」

二人とも譲る気はないようで、お互いににらみ合いを続ける。

「あの、可能なかぎりすぐに召喚するからさ」

なだめようとそう言ってみる。

「それでも、いやです！　この前、退去している間、ノーマン様に会えなくてホントに寂しかった

ですもん」

とか言ってクローセルが抱きついてくる。

瞬間、生温かいやら柔らかいやらの感触が全身に広がる。

こういうスキンシップはこっちが照れてしまうのでやめてほしいのだが。

「ご主人様に気安く触らないでくださいこの堕天使風情がっ」

フォカロルはクローセルを引き剝がそうと髪を引っ張る。

「ぎゃっ、だから髪を引っ張るのやめてください。これ、地味にすごく痛いんですよ！」

「だったら今すぐご主人様から離れなさい」

「嫌ですぅ！　わたしは天使としてこうやって人を温もりで包む義務があるんです」

「あなたは堕天した穢らわしい悪魔でしょうが。あなたがご主人様にくっつくとその穢らわしいのが移るので今すぐやめてください」

「人を穢らわしいもの呼ばわりとか最低です！　やっぱり悪魔ってホント最悪ですね！」

クローセル、お前も悪魔だぞ。

口論の末、とうとう二人はボコボコの殴り合いを始めた。

「あはは、こうなったらどちらかが死ぬまで互いにやりあうとしましょうか」

「フヒヒッ、いいでしょう、あなたをぶちのめすのが一番わかりやすいですしね」

お互いに血走った目でにらみつけていた。

二人のこういった表情を見るとやっぱり悪魔なんだなぁ、とか再認識させられる。

悪魔同士が本気で殺し合いを始めたら洒落にならないな、と思い僕は拘束の呪文を唱える。

二人とも互いのことに集中しすぎて、僕が詠唱をしていることに気がつく気配もない。

ガッ、と二人は時が止まったかのように停止する。

「しゃべるのを許可する」

「ごめんなさい、つい熱くなってしまいました」

「申し訳ありません、ご主人様」

二人とも熱くなったことを自覚したのか、反省の弁を述べる。

別に怒っているわけではないが、このままだと大惨事になりそうなので、拘束の呪文を唱えた次第だ。

「それじゃあ、平和的な方法でどちらが退去するか決めようか」

「平和的な方法とは？」

「無難にじゃんけんとか」

というわけで、じゃんけんを行う。

「うわぁあああん、負けてしまいましたぁあああ!!」

「フフ、堕天使風情がこのわたくしに勝てるはずがないのです」

クローセルが負けてフォカロルが勝った。

「ノーマン様、わたしのことすぐ召喚してくださいね！」

クローセルは泣きながら僕にしがみついてくる。

ちなみにフォカロルはそんなクローセルを引き剝がそうとまた引っ張っていた。

「わかったよ。できる限りすぐ召喚するから」

「絶対ですよ！　絶対ですからね！」

なおもクローセルは泣きながら訴える。

別に今生の別れじゃないんだから、そんな大げさに考えなくていいのに。

そんなわけで、クローセルが納得するまで別れの挨拶を行い、そして退去させた。


よし、これで序列第二位アグレアスを召喚できる。

新しい魔術を覚えることができる、そんな興奮と共に呪文を唱えた。

「——我は汝をノーマンの名において厳重に命ずる。汝は疾風の如く現れ、魔法陣の中に姿を見せよ。世界のいずこからでもここに来て、我が尋ねる事全てに理性的な答えで返せ。そして平和的に見える姿で遅れることなく現れ、我が願いを現実のものとせよ。来れ——第二位、アグレアス！」

魔法陣が光り人影が見える。

すでに何度も見てきた光景だ。

「フハハハッツ、お主が我が輩を召喚したのか！」

現れたのは年老いたお爺さんである。

といっても、ヨボヨボでいつ死んでもおかしくなさそうな見た目のフルカスさんと違い、目の前の爺さんは筋骨隆々、肌には艶があり、いかにも屈強な爺さんである。

「はい、僕があなた様を召喚しました」

「お主、名は？」

「ノーマンと言います」

僕はできる限り失礼のないように丁寧な言い回しを意識する。

「今回、アグレアスさんにお願いがあって召喚しました」

「ほう、言ってみるがよい」

「僕に土の魔術を教えてください」

どうだろう?

今までお願いをして素直に言うことを聞いてくれた悪魔は少ない。

今回も断られる可能性のほうが高いだろう。

「よかろう！」

即答だった。

「お主に土魔術の全てを叩き込んでやろうじゃないか！」

アグレアスは大きな声でそう宣言した。

クローセルがアグレアスを怖い人じゃないと言っていたのは正しかったようだ。

どうやら今回は順調にことが運びそうである。

「では、さっそくお主に土魔術の秘儀を授けよう！」

アグレアスは大きな声でそう宣言した。

随分とはりきっている様子だ。

「その前に、アグレアスさんに説明しておきたいことがあるんですが……」

そんなわけで、僕は自分の体質について説明する。

精霊に嫌われやすいため、一般的な自然魔術が使えないこと。

悪魔の一部を降霊術によって降霊させることで魔術を扱えることができるようになったことなどを。

「なるほど、ではさっそく我が輩を降霊させるとよい！」

アグレアスの許可もおりたことだし、さっそく降霊術を始める。

なんだか今回はスムーズにいきそうだ。

「――我は汝をノーマンの名のもとに厳重に命ずる。汝は速やかに、我の肉体に宿れ。汝の知識と力で我を満たせ。汝は己が権能の範囲内で誠実に、全ての我が願いを叶(かな)えよ。来れ――第二位、アグレアス！」

アグレアスの霊のうち百分の一だけを降霊させるように意識して行う。

クローセルのときみたいな失敗はもうごめんだ。

体内に入ってきた異物のコントロールも慣れてきたのかスムーズにいく。

見ると、右手の手のひら、クローセルのシジルの裏に新しいシジルが刻まれていた。

「調子はどうですか？　ご主人様」

フォカロルが聞いてくる。

「特になんとも。この調子なら問題なさそうだな」

そんなわけで、早速土の魔術を使ってみる。

「――土よ起これ（ボルボ）！」

手から魔法陣が現れると同時に、砂がさらさらとこぼれ落ちる。

成功した。

「流石です、ご主人様」

フォカロルがそう褒めてくれた。

「ありがとう、フォカロル。アグレアスさんも協力していただきありがとうございます」

僕はアグレアスに頭を下げた。

今回は特に何事もなく、順調に終えることができたなと思う。

これもアグレアスが協力的だったおかげだ。

「まだだ！」

終わった空気に水を差すかのようにアグレアスが大声を出した。

「まだ、我が輩の秘儀を授けておらん！」

「え、えっと、ですが、土の魔術はこうして使えるようになりましたし……」

「ノーマン殿、我が輩はこう言ったはずだ。『土魔術の全てを叩き込んでやろうじゃないか』と」

確かに、そんなことを言っていた覚えはあるが。

「はぁあっっ‼」

アグレアスは叫びながら、地面に両手をつける。

そして地面に魔法陣が現れると同時。

地震のように地面がグラつく。

見ると、アグレアスの前に地割れが発生していた。

その地割れの先、地面から突起物が勢いよく盛り上がる。

その突起はよく見たら、巨人の拳のような形をしていた。

「今からノーマン殿には、これができるようになってもらう！」

「さ、流石に無理があるんじゃ……」

アグレアスは悪魔だから簡単にやってのけるが、見ただけで複雑な魔術だとわかる。

「誰が無理だと決めつけた！　お主には我が輩の一部が取り込まれておるのだろう。であれば我が輩と同じことができて至極当然ではないか！」

そうなのか？　アグレアスがそう言うなら、そうなのかもしれないけど。

「えっと、それじゃあアグレアスさん、よろしくお願いします」

まぁ、教えてくれること自体はありがたいことだしね。

「我が輩のことは師匠と呼べ！」

「よ、よろしくお願いします！　師匠！」

「では、まず土の魔術を百回連続でやることからだ！」

「はい！」

「はいではなくおっす、と言うように」

「お、おっす！　師匠」


それからスパルタのような特訓が続いた。

まず休むことなく、土の魔術を何回も発動させられた。

「あの……もう限界なんですが」

「気合でなんとかしろ‼」

「そう言われても、魔力がすでにないですし」

魔力が枯れたら当然魔術を発動させることはできない。

「文句を言うな！　気合があればできるはずだ！」

「えぇ……」

アグレアス、最初はただの良い悪魔だと思っていたけど、なんかめんどくさくなってきたな。

「ご主人様、命令さえあれば、アグレアスを消す準備はできておりますが」

フォカロルがこそっと耳打ちしてくる。

「いや、そこまでしなくてもいいからね」

アグレアスは決して悪い悪魔というわけではなさそうだし、消すのは流石にやりすぎだ。

「ノーマン殿、まだか！　早く、土の魔術の特訓を再開しろ！」

「おっす、師匠……」

僕はそう答えては魔力をなんとか絞り出して魔術を発動させた。


「ホントに、もう限界……」

数時間後、そう言って地面に倒れている僕がいた。

魔力がない以前に、体力もすでに限界だ。体を動かすのも難しい。

「アグレアス、これ以上、ご主人様を酷使するようでしたら、わたくしが代わりに相手しますが」

フォカロルがそう言って、睨みをきかせる。

「ふむ、なら一分だけ休憩を与えよう」

一分だけとか短っ！

それでも休憩を貰えるだけありがたいと思えるほど、体力の限界だった。

そして、一分後。

「ノーマン殿、休憩は終わりだ！」

「おっす、師匠……」

わずかに回復した魔力を用いて、再び魔術を発動させる。

それから一日中、気を失うまで土の魔術の特訓を続けた。

結局、一日だけでは全ての魔術を身につけることができなかったので、アグレアスは退去せず翌日も特訓に付き合うと宣言した。

そんなわけで、アグレアスとの特訓は数日にかけて行われた。

そして一週間後。

「――土巨人の拳！」

詠唱をしながら両手を地面につける。

魔法陣が現れ、そして地割れが起こる。

その地割れの先に土でできた巨人の拳がでてきた。

どうだろう？　悪くないとは思うんだが。

「駄目だ。大きさが足りない！」

アグレアスがそう言った。

「くそっ」

僕は悔しがりながらもすぐに切り替えて、再び魔術を発動させる。

アグレアスは厳しく、スピードであったり形であったり少しでも気に入らない点があると、指摘してくる。

そして、何百回と数え切れないほどやって、やっと……、

「合格だ」

という言葉をアグレアスからもらった。

「やった……」

ホントはもっと感情を顕わにして喜びたいぐらい嬉しかったが、疲れのせいで、ぼそりと呟くだけになってしまった。

「おめでとうございます、ご主人様」

フォカロルがそう言ってくれる。

特訓している間、ずっと見守ってくれていたもんな。

「ありがとうフォカロル。師匠もありがとうございます」

「ふむ、ノーマン殿、お主は中々見込みがあるな」

なんか褒められた。

僕は思わずはにかんでしまう。

「さて、人間界に居すぎてしまったな。我が輩は帰るとしよう」

「もう帰るんですか」

これだけ特訓に付き合ってもらっていたのに、いざ合格したらあっさりと帰ろうとするので、思わずそう聞いてしまう。

「我が輩は魔界でやらなくてはならないことがあるからな」

「そうなんですか」

確かに、僕が悪魔を一方的に召喚しているだけで、本来悪魔には魔界での暮らしがあるはずだ。

まぁ、クローセルやフォカロルみたいに人間界にいたがる悪魔もいるが。

「すみません、お忙しいのに長い時間拘束してしまって」

「ふはっはっはっ、構わん。我が輩も魔導書『ゲーティア』の新しい所有者と話をしてみたかったしな」

「魔導書『ゲーティア』の新しい所有者……？」

ふと、その言葉にひっかかる。

「前に所有者がいたんですか？」

そういえば、あまりこの魔導書『ゲーティア』のことを僕は知らないな、と思う。

「そうだな、その魔導書は代々受け継がれていったものだ。お主は『ゲーティア』に新しい所有者として選ばれたのだよ」

選ばれた。

まるで『ゲーティア』そのものに意思があるような物言いに違和感を覚える。

まぁ、本当に『ゲーティア』に意思があってもそう驚きはしないんだが。

「とはいえ、ノーマン殿は今までの所有者の中では珍しいタイプではあるがな」

「そうなんですか?」

「ああ、お主は貪欲だ」

「そうですかね?」

自分が貪欲なんて自覚はあまりない。

「普通、『ゲーティア』を手に入れても次々と悪魔を召喚しようなんて者はそういないからな」

「意外ですね。僕はもっとたくさんの悪魔と仲良くしたいと思っていますけど」

「はっはっはっ、おもしろい。普通、悪魔と仲良くしたいなんて思う人間はそういないぞ」

「そうなんですかね? 悪魔の人たちはみんな良い人たちばかりなんで、そうおかしいとは思いませんが」

「そう思うのは、お主が幸運だったか、もしくはお主の人望のおかげかもしれないな。と、そうだ。今の会話でお主に一つ聞きたいことができた」

聞きたいことってなんだろう、と思って僕は耳を傾ける。

「お主はたくさんの悪魔と仲良くしたい、と言ったな。それはなぜだ？」

「えっと、悪魔の方々はみんなおもしろい方ばかりなので、仲良くなれたら楽しそうだな、と思ってまして」

今までのことを思い出しながら僕はそう言った。

悪魔たちのおかげで僕の日常は一気に華やかになった。

「ノーマン殿、嘘（うそ）が下手だな。我が輩が聞きたいのは本心だ」

と、アグレアスが言った。

あー、どうやらアグレアスには見抜かれてしまったらしい。

ならば、本当のことを言わないとな。

「僕は魔術を極めるつもりでいます。そのためには悪魔たちの力が必要です。だから、今後も悪魔たちを召喚するつもりでいます」

そう、僕の第一欲求はずっと魔術を極めたい、だ。

嘘をついたのは、悪魔をただの道具としか思っていないと、勘違いされるんじゃないかと思ったから。

「ふはっはっはっ、おもしろい。では、一つそんなノーマン殿におすすめの悪魔を教えよう。序列第七十位セーレ。彼女の扱う魔術は独特でおもしろいぞ」

「そうなんですか」

序列第七十位セーレか。

次に召喚する悪魔の候補に入れておこう。

「あと、そうだ。オロバスはずっと見かけなかったが、こっちに来ているのではなかったか？」

「えっと、行方不明的なやつでして……」

探してはいるんだけどね……。

中々見つからなくて。

「そうか。なら、オロバスに一つ言伝を頼みたい」

「なんでしょう？」

「お前の上司が怒っているぞ。そろそろ戻ってきたらどうだ、とな」

「わ、わかりました。伝えておきます」

オロバスも色々と大変なんだな、と思う。

その後、アグレアスは退去していった。


ともかく、これでやっと火、水、風、土の四つの系統の魔術を覚えることができたのだ。

魔術師にとって、この四つの魔術ができてやっとスタートラインに立てると言われている。

そのスタートラインに僕はやっと立てたのだ。

第八章　序列第六十二位ヴァラク

翌日、僕は一週間ぶりに学校に行った。

ここずっとアグレアスと特訓をしていたため、学校に行けてなかったのだ。

やっと、火、風、水、土の四つの自然魔術を覚えたので、学校に行く足取りもいつもより軽い。

次はなんの魔術を覚えようか。

錬金術に占星術、死霊術など、覚えていない魔術は他にもたくさんある。

だから、次はどんな悪魔を召喚しようか様々な考えがめぐってくる。

「よぉ、魔術も使えない無能が、なんでまだ学校に通っているんだ？」

それは突然の邂逅（かいこう）だった。

いや、同じ学校に通っていたんだ。いつか会うことは必然だったのだろう。

目の前にいたのは、エスランド家の養子になったディミトだった。

僕にとって、義理の兄弟であり、正式な跡取り。

そのディミトはたくさんの生徒を連れて廊下を歩いていた。まるで、後ろに従えている生徒は自分の舎弟であると誇示しているようにも見える。

「魔術を習うために通っているんだけど……」

「はぁ？　まだ諦めていなかったのか？　お前は魔術が使えない無能だろ！　だから、あの家はもう俺のもんなの！　だから、お前はとっとと魔術を使えないまま平民になって落ちぶれろよ！」

「今はもう魔術を使えるけど」

「はぁ？」

　ディミトは目を見開いて僕のことを見ていた。

　僕が魔術を使えるようになったことを知らなかった様子だ。

「おい、この無能が魔術を使えるって本当かよ？」

「えっ、あぁ、そういえば以前リーガルと決闘していましたね。そのときに魔術を使っていましたよ」

　ディミトが従えていた生徒の一人がそう説明していた。

「ほーん、つまり、最近魔術を使えるようになったってわけね」

「そういうことになるかな」

「くははははっ、そうか、魔術を使えるようになったか。よしっ、今から俺と決闘しろ。無能がいくら努力しても無能のままだってことを知らしめてやる」

　ディミトは僕の肩を叩いてそう主張する。

「嫌だよ。今の僕が戦っても、君には勝てないだろうし」

「くははは、そうだよな。最近、魔術を覚えたばっかりのぺーぺーが俺に勝てるはずないもんなあ！」

ディミトはひとしきり笑うと、僕から離れていった。

やっと終わった、とディミトが目の前からいなくなったことに僕はほっとする。

「おい」

振り返ると、去ったはずのディミトが僕のことを見ていた。

「お前、固有魔術は持っているのか？」

「持っていないけど……」

「そりゃそうか。ちなみに、俺は固有魔術を二つ持っている。そのことをよく覚えておくんだな」

そう言い残すと、今度こそディミトは去っていった。

固有魔術を二つも持っているのか。

二つも固有魔術を持っている魔術師は非常に珍しい。それだけディミトが優秀という証なんだろう。

恐らく、今の僕では彼に勝つことは難しい。

けれど、もっと悪魔召喚を極めれば、あるいは……。

そんなことを僕は考えていた。

◆

「うわぁああああああん、わたし、すごく寂しかったんですよぉおおおおおお！」

学校から帰ると、僕は早速クローセルを召喚した。

召喚されたクローセルは泣きながら、僕に抱きつく。

「だからクローセル。無闇に僕に抱きつくのは……」

やめてほしいんだが。

クローセルの柔らかいところが当たって、うん、やばい。

「だって、一週間以上も会えなかったんですよ。わたし、こんなに待たされると思ってなかったですもん」

泣きながらクローセルは訴える。

確かに、土の魔術の特訓をしていたおかげで一週間以上、クローセルを召喚できなかった。

クローセルには寂しい思いをさせてしまったな、と思う。

僕はそっとクローセルの頭を撫でる。

すると、クローセルは嬉しそうに「ふへへ」と笑った。

その笑顔に、僕はドキッとさせられた。

かわいいとか思ってしまったからだ。

「だから、ご主人様が嫌がっているのに抱きつくのはやめてください」

と、いつもの如くフォカロルがクローセルを引き剝がそうと引っ張る。

それを契機にフォカロルとクローセルの喧嘩が始まった。

またか……、とか思いながら僕はそれを眺めていた。

「それで、いい加減オロバスを探そうと思うんだが」

二人の喧嘩が収まった頃合いを見計らって、僕はそう提案した。

フォカロルとオロバスの三人で荷台の護衛という依頼を受けたさい、寝ていたオロバスを置いてきてしまった事があった。

それ以降、オロバスは行方不明のままだ。

まぁ、悪魔は食べなくても平気らしいし大丈夫だと思うんだが、流石にこのまま放っておくわけにはいかないだろう。

「あんな無能、わざわざ探す必要ないと思いますが」

と、言ったのはフォカロルだ。

肝心なときに寝ていたオロバスをフォカロルは無能と蔑んでいた。

「わたしもわざわざ探す必要ないと思います。どうせそのうちひょっこり戻ってくるでしょう。それにわたし、オロバスさんのことあまり好きじゃありません。オロバスさんが退去したがらないせいで、わたしが退去するはめになるんですもん」

クローセルもあまりオロバスを探すのに乗り気ではないようだ。

二人がこう反対するもんだから、今まで積極的にオロバスを探すことができなかった。

といっても、全くなにもしていなかったわけではない。

行商人に連絡をとって、オロバスがいないか聞いたこともあったし、下町に行っては通りすがりの人にオロバスのような人を見かけたことがないか聞き込みも行った。

といっても、オロバスが霊の状態でいたら、普通の人には見えないため、聞いて回るのはあまり意味がなかったかもしれないが。

「てか、人探しが得意な悪魔とかいないの？」

ふと、僕は思ったことを言ってみる。

「いないことはないですね」

と、フォカロルが言った。

「え⁉　嫌ですよ！　新しい悪魔を召喚しようとしたら、またどっちか退去しなきゃいけないじゃないですか！」

クローセルがすごく嫌そうな顔をする。

どうしたものかな、と思う。

「あの、フォカロルお願いできないかな。オロバスが見つかり次第すぐ召喚するからさ」

前回退去したのがクローセルだし、ここは公平を保ってフォカロルに退去をお願いする。

「ご主人様がそうおっしゃるなら仕方がありません」

渋々といった様子で、フォカロルが了承する。

といっても今日は遅いので、探すのは明日にしよう。

◆

そんなわけで今日は学校が休みなので一日かけてオロバスを捜索することにした。

「それで、人探しが得意な悪魔ってのは誰？」

フォカロルを退去させたあと、僕はクローセルにそう尋ねていた。

「序列第六十二位ヴァラクちゃんですよ」

「ヴァラクちゃん……？」

ちゃん付けで呼ぶってことは女の子なんだろうか。

「クローセル、今日はいつになくご機嫌じゃない？」

ふと、クローセルがヴァラクちゃんと言ったとき、クローセルがいつも以上にニコニコしているような気がしたのだ。

「えへへ、今日は邪魔なフォカロルがいないですし、実を言うとヴァラクちゃんとは仲良しなんですよ」

「あー、なるほど」

さり気なく、クローセルがフォカロルのことを邪魔と言ったことが気になる。

悪魔同士仲良くしてほしいんだけどな。

ともかく、クローセルと仲がよい悪魔ってことは、そう悪い悪魔じゃないんだろう。

なら、スムーズにオロバス探しに協力してくれそうだ。

「――我は汝(なんじ)をノーマンの名において厳重に命ずる。汝は疾風の如く現れ、魔法陣の中に姿を見せよ。世界のいずこからでもここに来て、我が尋ねる事全てに理性的な答えで返せ。そして我が願いを現実のものとせよ。来(きた)れ――第六十二位、ヴァラク！」

今回は今まで行ってきた召喚の詠唱を少しではあるが短くしてみた。

今後も、少しずつ短くしていって最終的にはもっと短い詠唱でも召喚できれば、と思う。

魔法陣は問題なく光り、いつものように人影が現れた。

「やっほー、ヴァラクちゃん！」

「あっ、クローセルちゃん！　会いたかったのー！」

現れたのは天使の羽がある可愛らしい女の子だった。

天使の羽があるってことはクローセルと同じ堕天使ということか。

僕よりも小さい背格好だな。

クローセルとヴァラクはお互い会えたのが嬉しいのか抱き合って喜んでいた。

「えっと、ヴァラクさんだっけ」

僕がそう話しかけるとヴァラクはこっちを振り向き、観察するように僕のことをじっくり見る。

「君がノーマン様？」

「えっと、僕のことを知っているのか？」

「うん、クローセルちゃんが明るくなったのはノーマン様のおかげなのって聞いていたの。前々から会いたいと思ってたのー」

なるほど、クローセルから僕のことは伝え聞いていたらしい。

「それでヴァラクさんにお願いがあって召喚したんだけど……」

「ヴァラクちゃんのことは呼び捨てで大丈夫なの。それに敬語もやめてほしいの」

「そっか、ヴァラクにある悪魔を探してほしいんだよね。その、人探しが得意だって聞いていたからさ」

「うん、全然オーケーなの。ヴァラクに任せて」

あっさりとヴァラクは了承してくれる。

この調子なら、意外とすぐにオロバスが見つかるかもしれない。

◆

そんなわけで僕、クローセル、ヴァラクの三人で下町に行くべく馬車に乗っていた。

ヴァラクに言わせると、オロバスは下町のほうにいるんだとか。

馬車の中ではクローセルとヴァラクが仲良さそうに喋（しゃべ）っていた。

内容は魔界にいる悪魔関係の話のようで、僕には聞いてもさっぱり理解できなかった。のけ者にされた気分だ。

「んー、この辺にそのオロバスっていう悪魔の痕跡がある気がするのー？」

ヴァラクと来た場所は以前一度来たことがある冒険者ギルドのある建物だった。

「中に、オロバスが？」

「んー、そこまではわからないの。けど、手がかりはあるはずなの」

早速中に入ってみる。

中は以前来たときと同じように、図体の大きい男たちが昼から飲んで騒いでいた。

中を見回すが、オロバスは見当たらない。

話を聞こうと思い、カウンターにいるギルドの受付嬢のところに向かった。

「あの、オロバスさんって方を探しているんですが、ご存知ではないですか？」

「オロバスさん？　聞いたことがありますね」

受付嬢はそう言うと眉をひそめて考える仕草をする。

「あの、オロバスさんって方、この前ここに来ていませんでしたかー？」

受付嬢が酒を飲んでいる冒険者たちに聞く。

「ん、そういえばいたな」

「大酒飲んでたやつだろ。確か、自分は主人に合わす顔がないとか言って泣いてたやつだよな」

「帰り道もわかんねえ、とか言ってたよな」

「結局、どうしたんだあいつ？」

オロバスがここにいたのは間違いないようだ。

けど、それ以上の手がかりは掴（つか）めそうにない。

「なにを見ているんだ？　ヴァラク」

ふと見ると、ヴァラクがなにかをじっと見ていた。

視線の先には多数の依頼書が貼られた掲示板。

「この魔物を追えばオロバスさんに会える気がするの」

ヴァラクが指さしたのは一つの依頼書。

『火口岩龍（デルクレータードラゴン）討伐依頼。報酬、百万エール』

「百万エールか」

その報酬金の多さに驚く。

他の依頼書を見ても、これだけ高額な依頼はない。

それだけ達成が難しい依頼ってことか。

「この魔物を追えば、オロバスに会えるのか？」

「うん、そうなのね！」

とヴァラクが首肯する。

そんなわけで三人で火口岩龍（デルクレータードラゴン）を追うこととなった。

◆

「この山の火口に火口岩龍（デルクレータードラゴン）がいるのか」

ガルラット山と呼ばれる大きな活火山のふもとまで来ていた。

馬車で来られるのはここまでということなので、ここからは歩いていかなくてはならない。

けど、ガルラット山は険しい山。

道中、魔物と出くわす可能性もあるし、頂上まで行くのは流石に厳しいか。

「なぁ、ヴァラク。この山のどこにオロバスがいるのかもっと詳しくわからないのか？」

たとえ頂上まで行ったとしても、そこにオロバスがいなければ骨折り損だ。

オロバスのいる位置がもっとピンポイントにわかれば、と思う。

「うん、オロバスは頂上にいるのー！」

と、ヴァラクが断言する。

そうか、やはり山を登る必要がありそうだ。

「なぁ、この山。俺たちだけで登れるかな？」

クローセルとヴァラクに意見を求めてみる。

「それでしたら、わたしが飛んで運びましょうか？」

といってクローセルは天使の羽を広げる。

「そんなことできるの？」

「はい、できますよ」

そっか、天使の羽があるならそれを使って飛ぶことはできるよな。

今までクローセルが空飛んで移動しているところを見たことがなかったので、その感覚が抜け落ちていた。

「けど、他の人に見られたらまずいよな」

悪魔を使役してるなんて露見したらまずいことこの上ない。

けど、パッと見クローセルは天使に見えるし、天使を使役していると誤魔化せばなんとかなるか？　うーん、どうだろう。

「だったら、二手にわかれるのをヴァラクちゃんは提案するのー！」

ヴァラクが手を上げて提案する。

「二手にわかれるってどういうことだ？」

「うんとね、ヴァラクちゃんがノーマン様を運んで、クローセルちゃんが霊の状態で周囲に人がいないか偵察するの。霊の状態なら普通の人には見えないはずなの」

なるほど。

あくまでも実体化するのはヴァラクだけで、クローセルは霊の状態で偵察すると。

見た感じ、人のいなそうな山なのでクローセル一人で十分偵察は可能だろう。

「だ、だったらわたしがノーマン様を運びたいです！」

「オロバスの位置がわかるのはこのヴァラクちゃんなの。だから、ヴァラクちゃんがノーマン様を運んだほうが効率がいいの」

「そうですよね……」

話もまとまったことだし、その方法でいくことにする。

「ヴァラクで僕を運べるのか？」

ヴァラクは僕より背の小さい子だ。

だからヴァラクが僕を運べるか不安である。

「こう見えても悪魔なの。あまり舐めないでほしいの」

そう言って、実体化したヴァラクは天使の羽を広げ、僕をお姫様抱っこの形で抱える。

文句を言う立場ではないけど、お姫様抱っこで運ばれるのは恥ずかしいな。

「そういえば普段クローセルが実体化するときは羽がなかったよね」

今、ヴァラクが実体化しているが羽のある状態だ。

その違いはなんだろうと疑問に思った。

「羽は収納可能なんですよ」

「ヴァラクちゃんの場合もそうなの！」

随分と便利な羽だった。

「それじゃあ、わたしが先行して人がいないか確認してきますね」

といってクローセルが空を飛んでいく。

ある程度、周囲を確認したクローセルが遠くから手で大きな丸を作る。

大丈夫ってことだろう。

「それじゃ、行くの！」

僕をお姫様抱っこの状態で抱えたヴァラクも羽を広げ、空に急上昇する。

「うおっ」

空を飛んで移動なんてもちろん初めてだ。

その初めての感覚に僕は驚く。

「お空での移動はどんな気分ですかー？」

「気持ちがいいな」

「えへへ……、そうだと思ったの」

実際、空の移動は悪くないもんだ。

景色も最高だし、風も気持ちがいい。

「ノーマン様にはホント感謝しているの」

「え？　そうなのか？」

別に感謝されるようなことをした覚えはないんだが。

「クローセルちゃんのこと。ノーマン様に召喚されてからクローセルちゃんすっかり元気になったの。前はその、陰気な感じだったから」

「確かにな……」

クローセルの第一印象はとにかく暗いだった。

それが今ではその陰がすっかり消えてしまった。

「恋って、なんのことだ？」

「恋をすれば性格って変わるものなのね」

「えへへ、ノーマン様には教えないのー」

「うおっと」

途端、ヴァラクが急加速した。

思わず声をあげてしまう。

「……人の気配はなさそうだな」

常に下を見て、人を確認しているが、特に問題はなさそうである。

先行しているクローセルも時々、問題ない、と合図を送ってくるのでこの調子なら大丈夫そうだ。


「ここにオロバスがいるんだよな」

「うん、そのはずなの！」

数時間の飛行のあと頂上付近に着いた。

頂上には大きな火口があり、この火口の中に火口岩龍(デルクレータードラゴン)がいるのだろう。

頂上から見る限りは火口岩龍(デルクレータードラゴン)の姿は見えないが、今はそれよりオロバスを見つけることのほうが先決だ。

「ねぇ、クローセルちゃん。お願いがあるの」

「ん？　なんですか？」

ヴァラクがクローセルに話しかけていた。

「帰り道のためにクローセルちゃんには他に人がいないか、空飛んで確認してきてほしいの。ヴァラクちゃんたちはこの後オロバスさんを迎えに行くから、その間にね」

「えー、わたしもノーマン様と一緒にいたいです」

「クローセルちゃん、お願い。ノーマン様もその方がいいでしょ」

「まぁ、確かにそうかも」

オロバスを見つけている間に、クローセルに人がいないか確認してもらったほうが効率がいいのは確かだった。

「ノーマン様がそう言うなら、そうしてきます」

渋々ではあったが、了承したクローセルは空を飛んで偵察をしに行った。

「ふぅ、やっと二人きりになれた」

ぼそり、とヴァラクが呟く。

ん？　なんか雰囲気が変わったような。

「それで、オロバスはどこにいるんだ？」

見渡す限り、オロバスの姿は見当たらない。

けど、ヴァラクにはオロバスの位置がわかっているんだろう。

「オロバスはここにいないよ」

「は？」

「だってここに来たのは、君をこうするためなんだから」

とん、と手で押された。

僕は後ろによろけ、足を滑らせる。

あっ、と思ったときにはすでに僕は火口へと落ちていった。

そう、火口の先には火口岩龍（デルクレーター・ドラゴン）がいる。

「ヴァラクちゃんのために、ノーマン様には死んでもらうの」

ヴァラクは笑顔で僕のことを見下ろしていた。

その笑顔は、口角をつりあげた、まさに悪魔らしい笑顔だった。


どういうことだ？

なんで彼女は僕を殺そうとしているんだ？

わからない。

けど、このまま火口に落ちたらマズいのだけはわかる！


だからとっさに摑んだ。

ヴァラクの足を。

「ちょ、なにヴァラクちゃんの足を摑んでんの！」

「いや、だってこのまま落ちたら死ぬし！」

「だから、ノーマン様を殺すためわざわざここまできたんだし！」

「なんで殺されなきゃいけないんだよ。意味わかんねぇよ」

「ともかくヴァラクちゃんの足を離してほしいの！」

ヴァラクはそう言って俺が摑んでいる手をガシガシともう片方の足で蹴る。

痛い。めちゃくちゃ痛いけど、離すわけにいかない。


と、そのときだ。

「ごぉおおおおおおお‼‼」

後方から低い呻(うめ)き声が。

見ると、火口岩龍(デルクレータードラゴン)が蠢(うごめ)いていた。

火口岩龍(デルクレータードラゴン)の肌は岩のようになっており、周りの岩と同化していた。

だから、さっきまでその存在に気がつかなかった。

「えっ？」

ヴァラクが声をあげる。

僕も異変にすぐに気がつく。

体が急激に重くなったのだ。

気がついたときには、ヴァラクの立っていた足場が崩れ、火口の中央まで引きずり込まれる。

「ぎぁあああああああ‼」

「うわぁああああああ‼」

ヴァラクと僕はそれぞれ悲鳴をあげた。

「ごぉおおおおおおお!!!!」

火口岩龍（デルクレータードラゴン）が火を吐きながらこっちを睨（にら）んでる。

「やばいっ、あれに襲われたら死ぬ。お前悪魔なんだろ、なんとかしろよ！」

僕はヴァラクを盾にするように後ろに下がり懇願する。

「いや、ヴァラクちゃん、悪魔だけどそんな強くないし！　ノーマン様がなんとかしてくださいなの!!」

今度はヴァラクが僕を盾にしようと後ろに下がる。

は？　まじで、僕がなんとかしなきゃいけないの!?

「ぐぉおおおおおお!!」

火口岩龍（デルクレータードラゴン）が火を吹いた。

「――土の防壁（ティエロ・ムロ）！」

土の壁を盾になるよう前にだす。アグレアスから教わった魔術の一つだ。

おかげで火に襲われずに済んだ。

けれど、火口岩龍（デルクレータードラゴン）は即座に次の攻撃に移ろうとしている。

「おい、逃げるぞ！」

咄嗟（とっさ）に僕はヴァラクの手を握り、その場から駆ける。

すると、さっきまでいたところに火口岩龍（デルクレータードラゴン）が突進していた。

火口岩龍(デルクレータードラゴン)の突進は周りの岩を粉砕する。土の壁もあっさり砕け散っていた。もし、あれに巻き込まれたら死は確実だ。

「おい、ヴァラク！　お前、飛んで逃げられないの⁉」

「それができるなら、とっくにしているし！　なんか、体が重くて全然飛べないの！」

言われてみれば、僕も体が重くてうまく走れない。

火口岩龍(デルクレータードラゴン)に重力を操る能力があるのかもしれない。

とはいえ、このまま火口から逃げられないなら、いつか詰む。

「ちょ、ノーマン様！　化け物がまたこっちにきているし！　なんとかしてほしいの！」

「なんとかしろって言われてもな。やるしかないのかっ⁉」

僕は立ち止まり、突進してきている火口岩龍(デルクレータードラゴン)に魔術の照準を合わせる。

「――水の刃(アグア・エスペイダ)発射」

水の刃を火口岩龍(デルクレータードラゴン)目掛けて発射する。

「ぐぉおおおおおおおお‼」

火口岩龍(デルクレータードラゴン)が雄叫びをあげて、体中から火を噴射した。

すると水の刃は一気に蒸発してしまった。

やばいっ、なんも意味がなかった。

「ノーマン様！　もっと強い魔術ないの⁉」

「んなこと言われてもなっ」

火を操るドラゴンなら水に弱いかと思ったがそんなことはないらしい。

クローセルの操る水なら火口岩龍（デルクレータードラゴン）を倒せるか？　けど、クローセルのやつ全然戻ってくる気配ないし。


ならば――

「――土巨人の拳（ビューノ・ギガンテ）!!」

アグレアス師匠から受け継いだ僕の必殺奥義。

受けてみろ！

土から生えた二本の巨人の拳が火口岩龍（デルクレータードラゴン）を潰すように包みこむ。

「ぐぉおおおおおお!!」

あっさり、土の拳が砕かれたー！

「あれ以上強い魔術、僕にはないぞ！」

「そうなの⁉　ノーマン様、全然使えないし！」

そんなこと言われてもな。

てか、この状況を作ったのはお前だろ！　少しは反省しろ。

と、次の瞬間。

「ごぉおおおおおおおおおおおおおおおおおおおおおおおおお!!!!」

火口岩龍（デルクレータードラゴン）が唸（うな）った。

途端、火口岩龍（デルクレータードラゴン）の全身から火が吹き出る。

当然、僕たちは熱気に包まれる。

その熱気に押し潰された僕の体は後方へと吹き飛ばされる。

「ぐはっ」

背中を強打してしまう。

「大丈夫か、ヴァラク」

ヴァラクの安否を確認しようと、僕は声をかける。

「ま、まずいかも……」

見ると、ヴァラクが足を怪我していた。

熱気と一緒に吹き飛んできた岩にでも当たったのだろう。

「立てるか？」

僕はそう言ってヴァラクに手を差し伸べる。

「べ、別に一人で立てるし……」

ヴァラクは僕の手を借りず一人で立とうとするが、結局よろけてしまい地面にお尻をつけてしまう。

「無理をすんなって」

僕はそう言いつつヴァラクの手を握ろうとする。

「ぐぉおおおおおおおおおおおお!!!!」

けど、そんなことをしている場合ではないようだ。

火口岩龍（デルクレータードラゴン）が再び、僕たちに突進をしようと雄叫びをあげていた。

ヴァラクを連れて逃げるだけの余裕はない。


くそっ、こうなったら迎えうつしかないのか。

「——土の防壁（ティエロ・ムロ）」

僕は火口岩龍（デルクレータードラゴン）の突進を防ごうと、土の壁を出す。

けれど、一つじゃ足りない。

「——土の防壁（ティエロ・ムロ）！　土の防壁（ティエロ・ムロ）！　土の防壁（ティエロ・ムロ）！　土の防壁（ティエロ・ムロ）！」

僕は何回も詠唱し、計五つの土の壁を縦に並べた。

けど、火口岩龍（デルクレータードラゴン）は土の壁を一つずつぶち壊しながら突進してくる。

勢いが止まる気配は全くない。

そして、最後の土の壁をぶち壊された。

――死んだ。

ふと、脳裏にそんな言葉が浮かぶ。

せめてヴァラクを守ろうと、彼女の前に立つ。けど、こんな行動なんの意味もないだろ。

「悪い、ヴァラク」

ぽつりと、僕は呟く。

「なんで、ノーマン様が謝るんだし……」

なんとも言いようのない表情でヴァラクがそう口にした。

くそっ、こんなところで僕は死ぬのか。

諦めと後悔が渦巻いた感情がぐるぐると僕の中を回っていた。

そして、火口岩龍(デルクレータードラゴン)があと一歩と迫った瞬間。

僕は目をつぶる。

そして、思った。

ここにオロバスがいれば、なんとかしてくれたかもしれないな、と。

と、そのときだった。

「マスタァアアアア‼　わたくし、助けにまいりましたぁああああああ‼」

は？

目を開けたら、なんかオロバスが目の前にいた。

え？　どゆこと。

なにが起きたか、さっぱり理解できない。

よく見ると、突然現れたオロバスの足元には魔法陣がある。

え？　瞬間移動？　それとも召喚されてきた感じ？　もしくは超高速で移動してきたとか。

色々と考えがめぐるが、よくわからん！

「お、オロバス！　なんとかしてくれ！」

僕は叫んだ！

「承知しました、マスター」

そう言ってオロバスは親指を立てる。

なんか、すごく頼もしい。

「ふんむっ‼」

迫ってくる火口岩龍(デルクレータードラゴン)をオロバスは両手で受け止める。

すごい、あれだけ巨体の化け物に力で引けを取らないなんて。

「ふんむぅううううううううううう‼」

「ぐごぉおおおおおおおおお‼」

オロバスと火口岩龍（デルクレータードラゴン）双方、うめき声を上げながら押し合う。

力は互角といったところか。

いや、オロバスのほうが少し押してる⁉

「ふんむぅうううううっっっっ‼」

最終的に、オロバスが力で火口岩龍（デルクレータードラゴン）を吹き飛ばした。

吹き飛ばされた火口岩龍（デルクレータードラゴン）はゴロゴロっと音を立てながら後方へと転がっていく。

「マスターっ！　ご命令を」

「逃げる！　僕とヴァラクを連れて、火口の外に行けるか！」

「はっ、お安い御用ですよ。マイマスター」

オロバスは即座に動いた。

ヴァラクと僕を抱えて、軽々とした身のこなしでジャンプをし火口の外へとあっという間に辿（たど）り着（つ）いた。

火口岩龍（デルクレータードラゴン）の様子を見る。

どうやら火口の外までは追ってくる気配がないので、これで一先ず安心だ。

「ありがとう、オロバス」

「マスターのためであれば、わたくしこの程度お安い御用ですぞ」

「はは……」

オロバスのこんなセリフを聞くのも、なんか久しぶりだな、とか思う。

「それで二人には色々と聞きたいことがあるんだが……」

ヴァラクがなんで僕を殺そうとしたのか？

オロバスは今までどこにいたのか？

なんで、オロバスが急に僕の前に現れたのか？

一先ず助かったとはいえ、聞きたいことが山程ある。

「あーっ、オロバスさん見つかったんですねー！」

ふと、見ると上空からクローセルがやってきた。

「ここ一帯、一通り見てきましたが人がいる様子はありませんでしたよー」

なにも知らないクローセルは偵察の結果を知らせてくる。

ヴァラクを見ると、気まずそうにこっちを睨んでいた。

恐らく、ヴァラクが僕を殺そうとしたことをクローセルに知られたくないんだろう。

まぁ、わざわざ伝えようとは思わないのでいいんだけどさ。

「まずは家に帰ろうか」

それから二人に話を聞こう。

◆

「まず、どちらから話を聞こうか」

部屋には、オロバス、ヴァラク、僕の三人が集まっていた。

クローセルには席を外してもらっている。

ちなみにクローセルには席を外してくれとお願いしたさい、

「えーっ、わたしもノーマン様と一緒にいたいのに、なんでのけ者にするんですかー」

と唇を尖(とが)らせるので、

「えっと、クローセルには食材の補充をお願いしたいんだよな」

と、伝えたら「そういうことなら仕方がないですね」と言いながら行ってしまった。

この家の家事は悪魔たちにけっこう頼ってしまっている。

「まずはヴァラクから話を聞くべきだよな」

ヴァラクがなぜ、僕を殺そうとしたのか？　その方が話題として重要な気がする。

ついでながら、オロバスには、ヴァラクが僕を殺そうとしたことについてはまだ伝えていない。

なので、このことはあまり無闇に広める必要はないかな、とオロバスにも席を外してもらおうかと考えたが、まだヴァラクに殺意がある可能性を考慮して、いざというときのためにオロバスには残ってもらうことにした。

仮にヴァラクが襲ってきても、オロバスがいれば安心だ。

「それで、なんでヴァラクは僕を殺そうとしたんだ？」

「なにぃ⁉　この小娘、わたくしのマスターを殺めようとしたですとぉ⁉　それはなんたる重罪！　マスターが許してもこのわたくしが許しません！　この小娘を今すぐ極刑にいたしましょう！」

なんかオロバスが張り切りだした。

やっぱ、この場にオロバスを参加させたのは失敗だったかな。

ヴァラクは「ひぐっ」と、涙目になって縮こまっているし。

火口岩龍（デルクレータードラゴン）を吹き飛ばしたオロバスに極刑と言われたら、泣きたくなるのは当然か。

「オロバス、いったん黙って」

「はっ、かしこまりました。わたくしマスターの許可がおりるまで、息さえ吸わない覚悟で黙っております！」

すると、オロバスは口をつぐんで直立した。

別に息は吸っていいんだけどね。

「別に極刑にするつもりはないからさ、理由を教えてくれないか」

優しく諭すような感じでヴァラクに話しかける。

「だって……ノーマン様がクローセルちゃんを奪ったんだもん……」

奪った？　別にクローセルを奪った覚えはないんだが。

「ヴァラクちゃんが可愛い可愛いクローセルちゃんをせっかく大事に大事に愛でていたのに、ノーマン様に召喚されてから、クローセルちゃん全然魔界に帰ってこなくなったし。だから、ノーマン様を殺せばクローセルちゃんがまたヴァラクちゃんのものになると思ったんだもん！」

えっと、つまり……。

「ヴァラクはクローセルのことが好きなのか？」

「す、好きとかじゃなくて……。ヴァラクちゃんは可愛いクローセルちゃんを愛でていたいだけなんだし！」

「ヴァラクも十分可愛いと思うけどな」

だから自分の顔を鏡で見て、それを愛でてればいいんじゃね？　とか思った。

流石に暴論がすぎるか。

「ヴァ、ヴァラクちゃんが可愛いのはヴァラクちゃんが一番知っているし！」

とか言ってヴァラクは顔を真っ赤にさせながら後ずさりしていた。

なんか警戒されるようなことしたかな？

「ともかくそんな理由で死ぬのはごめんだ。それで、確認だがヴァラクはまだ僕に対して殺意を持

っているのか？」

「もう殺そうとか、そんなつもり一切ないし」

　ヴァラクはオロバスのほうを見ながらそう言った。

　もしここでヴァラクが僕を殺す、と宣言したらオロバスが黙ってないだろうし、そんなこと言えるはずないか。

「けど、ヴァラクがクローセルと一緒にいたいという気持ちに変わりはないんだろ」

「そうだけど……」

「なら、お互い妥協できる案があればいいんだけどな」

　このままヴァラクとクローセルを引き離したままでいたら、ヴァラクの不満がたまり再び僕を殺そうって考えにいたるかもしれない。

　だから、なんとかしてヴァラクに不満がたまらないようにできたらいいんだが。

「一つお願いがあるの」

「ん？　なんだ？」

「ヴァラクちゃんを常時、召喚したままにしてほしいの」

「確かに、それならクローセルと一緒にいられるもんな」

　けど、召喚できるのは最大三人まで。

　今は魔界にいるフォカロルのことを考えたら、全員の要望通りにはいかない。

なんらかの対策を立てないとな。

「それは後で、クローセルも交えて相談しよう」

面倒ごとは後回しにして、次の話題に移る。

「オロバス、しゃべっていいぞ」

「はっ、わたくし、しゃべる許可をいただきました！」

律儀にずっと黙っていたオロバスが口を開く。

「それでオロバスは今までどこにいたの？」

そう言うと、オロバスは汗を流しながら目を泳がせる。

やましいことがあるときの反応だ。

「道に迷って帰れなかったんじゃないのか？」

「ええ、そうです！　わたくし帰ろうとしましたが、道がわからず迷っておりました！」

そっか、それはオロバスに悪いことをしたな、と思う。

「いましたよ。この家の近くに」

ぼそり、とヴァラクがそう言った。

「えっ？　そうなの？」

「いいえ、わたくしは道に迷い途方に暮れておりました！」

「むっ、ヴァラクちゃんの探す能力は完璧なんだし！　だから、オロバスが家のすぐ近くにいるのはずっとわかっていたの！　だから、なんでノーマン様がオロバスを探すのか不思議に思ってたんだから！」

「マスター！　この小娘、虚言癖があるようです！　惑わされないでください！」

「ちょっ、虚言癖ってなによ！　ひどい言い草にもほどがあるの！」

二人が言い合いを始める。

ふむ、どっちが正しいことを言っているのやら……。

まぁ、なんとなく察しはつくが。

「で、オロバス。なんで家の近くにいたのに、顔を出さなかったの？」

「ですから、わたくしは道に迷って――」

「オロバス、別に僕は怒っていないんだよ」

そう僕が言うと、オロバスは逡巡するような顔つきをしたのちこう言った。

「……はい、家のすぐ近くまで来ておりました」

「それで、なんで顔を出さなかったの？」

「戦闘時に眠っているという大失態を犯した手前、どういう顔をして会えばいいのか、このわたくしわかりませんでした！」

「まぁ、気持ちはわかるけどさ」

似たような経験は誰しも一度はした覚えがあるだろう。

「わたくし、このたびの失態、マスターのご命令さえあればここで切腹する所存でございます！」

だから一々大げさなんだよ、オロバスは。

「何度も言うけど、本当に怒ってないからね」

「うぉおおおおおお、わたくしマスターの御心にいたく感動いたしました！　わたくし、マスターがマスターでよかったです！」

とか言って、オロバスはその場で泣き始める。

ホント大げさなんだよな、オロバスは。

ヴァラクも、

「うわっ、めんどくさ」

とか言いながら、じと目でオロバスの様子を眺めているし。

「てか、火口岩龍（デルクレータードラゴン）に襲われそうになったとき、オロバスが現れたのはどうして？　もしかして近くまで来ていたの？」

「いえ、わたくしあのときもこの家の近くにいました。気がついたときには、あの場にいましたが……」

「そうなんだ」

であれば、あの場にオロバスが現れたのがますます不思議である。

「恐らくオロバスの能力だと思うの」

と、ヴァラクが言った。

「そうなの？」

「わたくし、そのような能力に覚えはありませんが……」

「本人が自覚ないとか意味わかんないし」

呆れたとでも言いたげな調子でヴァラクがそう言う。

「まぁ、オロバスの能力ってなら納得だけど」

その能力を予想すると、召喚者がピンチのときに現れて守るって感じかな。

実際、オロバスを召喚してから、命の危機を感じたのはあのときが初めてだし、あり得ないって話ではなさそうだ。

「話は変わるけど、この前アグレアスって悪魔からオロバスに言伝を頼まれたよ」

「ほう、言伝とはなんでしょう」

「『お前の上司が怒っているぞ。そろそろ戻ってきたらどうだ』ってさ」

そう言うや否や、オロバスの全身から汗がダラダラと流れてきた。

「わたくしのマスターはマスターただ一人！　わたくしに上司のようなものは一切おりません！」

と、オロバスは主張するが、流石に嘘だってわかる。

オロバスの上司ね。

どんなやつなのか知らないけど、この件についても解決できたらいいんだが、流石に魔界のことは手が出しようがない。


とか、考えていたとき。

持ち歩いていた魔導書『ゲーティア』がカタカタと揺れ始めた。

急に揺れた『ゲーティア』を僕は思わず、落としてしまう。

見ると、『ゲーティア』はあるページを開いた状態で止まっていた。


——我を召喚しろ。


と、そのページには書かれていたのだ。

初めてみた現象に僕は困惑する。

ヴァラクとオロバスも気になったようで、近寄ってきてその内容を見た。

「魔界からの干渉かとヴァラクちゃんは思うの」

ヴァラクがそう言う。

へぇ、魔界からの干渉なんてあり得るのか。

けど、召喚されたがっている悪魔って、どういうことだろう。

「ひぃッ！」

なにかに気がついたオロバスが悲鳴をあげてのけぞった。

「マ、マスター、そ、その悪魔を召喚するのは、どうかおやめいただきたい！」

このオロバスの反応から察するに、

「もしかして、オロバスの上司？」

オロバスは無言で首肯する。

「大丈夫だよ、オロバス。召喚しないからさ」

そう言って、僕は『ゲーティア』を閉じた。

するとオロバスは「マスターありがとうございます！」と言って、また感激したのか泣き始める。

ホント調子いいんだから、と僕は苦笑した。

書き下ろし　悪魔たちの台所事情

「あの、みんなに相談があるんだけど」

そう前置きをしたノーマンは神妙な表情をしていた。

相談とはなんでしょう？　とクローセルは思いながら、ノーマンの言葉を待つ。

両隣には、オロバスとフォカロルがおり、二人もノーマンの言葉を待っていた。

「マスターのご相談とあれば、わたくしいかなる手段を用いても解決する所存であります！」

オロバスがいつもの調子で豪語する。

「わたしも、ノーマン様のためならなんだってするつもりです！」

慌てた様子でクローセルもそう主張する。

オロバスに負けないよう、自分も忠誠心をアピールしないと、とでも思ったようだ。

「いや、そんな大げさな相談じゃないから」

ノーマンが困った表情をしていた。

確かに、大げさにとらえすぎたかも、もう少し自重しないと、とクローセルは少し反省した。

「それで、ご相談とはなんですか？」

フォカロルが淡々とした調子でそう口にする。

「いや、えっと、実はね、金欠なんだよね」

つまるところ、こういうことだった。

現在、ノーマンは父親から毎月一定額をもらっており、そのお金で生活をしている。とはいえ、その金額は人ひとりがギリギリ生活できる程度しかない。

けど、今、この家には四人もいる。

四人のうち、三人は悪魔なわけだが。

悪魔は人と違って頑丈なため、多少食べなくても生きながらえることはできるが、お腹は普通に空く。

そのために、毎日四人分の食費が消えていくことになる。

結果、お金が湯水のように消えていくのだった。

「それで、なにかいい方法がないか募集したいんだけど」

ノーマンは申し訳なさそうな表情をしていた。

それを見て、クローセルも申し訳なくなった。

なんせこうなったのも、自分が今までなにも考えずに食事を施してもらっていたせいだ。

「それでしたら、明日ご主人様が学校に行っている間に、お金を稼いできますよ」

「えっ、そんなことができるの？」

フォカロルの提案にノーマンが目を丸くする。

「ええ、わたくしでしたら、食費を稼ぐぐらい容易いかと」

「えっと、それって犯罪をするようなことはしないんだよね」

「ご主人様がなにを想像しているかわかりませんが、恐らくそのようなことはないかと」

「そっか。だったら、そうしてもらえると、すごく助かるよ」

ノーマンがフォカロルの手を握って喜んでいる。

途端、クローセルの表情が嫉妬に変わる。

自分も同じことをされたい。

「マスタァアアア！　わたくしなら、もっとお金を稼ぐことが可能であります！」

「わ、わたしもお金なら稼げます！」

フォカロルに続いたオロバスに乗り遅れないように、クローセルもとっさにそう主張した。

「そうなんだ。それじゃあ、みんなにお願いしようかな」

ノーマンが呑気にそう口にしている間、悪魔たちの間に火花が散っていた。

自分こそが一番稼いでノーマンの役に立つんだ、と皆が思っていたせいだ。

そんなわけで、クローセルはこれからお金を稼がなくてはいけないが。

「どうしよう……」

彼女はうなだれていた。

ノーマンの手前、調子のいいことを言ったものの具体的な方法については思いつかないままだ。

フォカロルとオロバスの二人は心当たりがあるらしく、とっくに家を出て行ってしまった。

クローセル一人、こうして部屋の中でうなだれたままだ。この調子で部屋にいてもいいアイディアは思いつきそうにない。

だったら、外にいけば、なにか見つかるかもと思い、家を出ることにした。


「勢いのまま街まで来ましたが、よくわからないですね」

クローセルはそう呟く。

両隣にはいくつもの店が並ぶ。

街には買い物に何度か来たことがあるので、お店に関する知識は多少はあった。

お金を稼ぐにはお店で働くのが、手っ取り早いことも知っている。

だが、どうやったら、お店で働くことができるのか、悪魔であるクローセルは知らなかった。

「あ、あのう……」

勇気を出して、通りすがりの女性に声をかけた。

彼女は制服を着ていて、どこかで働いているんだと一目でわかった。だから、彼女に聞けばなにかわかるかもしれない。

「はい、なんでしょう？」

制服を着た女性はそう言って振り向く。

「わたしも働きたいんですけど、どうしたらいいでしょうか？」

クローセルは単刀直入にそう尋ねた。

「こっちに来て！」

すると、女性はクローセルの手を取って突然走り出す。

どうしよう、と思いながら、彼女は引っ張られるままついて行くことになった。


「マスター！　この子がこのお店で働きたいんだって！」

連れて行かれたのは酒場だった。

「おぉ、リンダ。突然どうした？」

マスターと呼ばれたのは、カウンターに立っている屈強そうな男のことだ。

察するに、制服を着た女性はリンダという名らしい。

「だから、この子がここで働きたいんだって」

そんなこと一言も言った覚えがなかったので戸惑う。

クローセルはあくまでも働き方を尋ねたのであって、働きたいとは一言も申していない。

「おぉ、えらい別嬪さんを連れてきたなぁ。姉ちゃん、本当にここで働きたいのか？」

どうしよう？　と逡巡する。

まさか、ここで働くなんて思いもしなかった。

けど、せっかくのチャンスを無下(むげ)にするわけにもいかない。

「働きたいです。よろしくお願いします！」

だから、クローセルはそう言って頭をさげた。

「よし、採用だ」

マスターが親指を立てる。

どうやら本当にここで働くことになるらしい。

「いやー、クローセルさんが来てくれて本当に助かったよ。うち、人手不足でさ、困っていたんだよね」

自己紹介をした後、同僚となるリンダさんと共に、裏手で制服に着替えていた。

「あの……リンダさん、相談なんですが、今日中にお金をもらうことって可能ですか？」

ノーマンには今日までに、お金を稼ぐと約束をしていた。だから、どうしても今日中に賃金をもらう必要がある。

「ワケありってことね」

リンダは神妙な顔をしていた。

ワケありといえばワケありか、とクローセルはよく考えず納得する。

「わかったわ。私からマスターに伝えておくから、あなたはなにも心配しなくてもいいわ」

「ありがとうございます」

　それから、クローセルはリンダから仕事内容を叩き込まれた。

　その上で、お昼に来たお客さんを相手に早速接客をすることに。

「ご注文をお聞きします……！」

「今日の日替わり定食ってなんだっけ？」

「えっと……」

　日替わり定食を把握してないため、クローセルはパニックに陥る。

「今日の日替わり定食はカルボナーラだよ」

　カウンターから声がする。

　どうやら見かねたマスターがアシストしてくれたらしい。

　クローセルは軽く会釈をしてお礼を伝えつつ、お客様のほうへ向き直る。

「それじゃあ、日替わり定食をお願い」

「はい、日替わり定食ですね。ご、ご注文を承りました」

「君、見ない顔だね。新人さん？」

「はい、実は今日からここで働くことになったクローセルと言います！」

「そうか、がんばってよ」

　それから伝票と共に、クローセルは奥へと引っ込む。

「緊張しました……」

「まぁまぁ、最初はそんなもんだって」

「クローセルちゃん、良い感じだったぜ」

てっきり日替わり定食を覚えてなかったことを怒られるかと思ったが、そんなことはなく二人とも優しくフォローしてくれる。

「それじゃあ、こんな調子で次も接客していこう」

「はい！」

それから、クローセルはリンダの指導のもと、接客や盛り付け、皿洗いなどを学んでいく。

「それじゃあ、夜が本番だからね。今のうちに休んでおくのよ」

「はい」

というわけで、お昼過ぎに休憩を与えられる。

成り行きとはいえ、思った以上に仕事が大変だ。

「もしかしたら、帰るのが遅くなるかもだから、あらかじめノーマン様に伝えておかないと、心配されるかも」

というわけで、休憩の合間に一時帰宅する。

霊の状態で空を飛んでしまえば、余裕を持って戻ってこられる。

家には、誰もいなかった。他のみんなも一生懸命に仕事をしているんだろうか？

そんなわけで、紙に遅くなる旨を書いて、お店に戻る。

「いらっしゃいませーっ！」

夜になった途端、リンダさんの言うとおり、店が混み始めた。客はひっきりなしに訪れ、注文もひっきりなしにやってくる。クローセルは酒場を右往左往しながら仕事をこなしていった。

「おつかれさまーっ‼」

「おつかれさまです！」

深夜、リンダとクローセルは裏手でハイタッチしていた。

まだ酒場は閉まっていないが、クローセルの仕事はもう終わりだ。

「初めてのお仕事、どうだった？」

「大変でしたけど、とても楽しかったです！」

本心からの言葉だった。

クローセルにとってなにもかもが魔界では味わえない新鮮な体験だった。

「クローセルちゃん、ほら、がんばったな」

見ると、マスターが封筒を持って立っていた。

「よかったね。給料だよ」

給料という言葉を聞いてテンションがあがる。

自分の力でお金を稼ぐことって、こんなに嬉しいんだ。

「明日食うものにも困っていたんだろ。大事に使えよ」

そう言って、給料を手渡される。

明日食うのに困ってはいないのだが、マスターがなぜそんなことを言ったのか、疑問に思う。するると、リンダさんが目でなにやら合図していた。そうか、どうやら彼女が今日、給料をもらえるように取り計らってくれたおかげらしい。

「ありがとうございます！」

クローセルはお礼をして、お店を出るのだった。


「クローセル、心配したよ」

家に戻るとノーマンが出迎えてくれる。

てっきりもう寝ていると思っていただけに驚く。

「申し訳ありません。遅くなってしまって」

「いや、置き手紙に遅くなるって書いてあったからわかってはいたんだけど、それでもやっぱり心配しちゃった」

ノーマンは苦笑する。

やっぱりノーマン様は優しいなぁ、とクローセルは再認識する。

「ふん、堕天使風情がどこをほっつき歩いていたんですか」

どうやらフォカロルも起きていたようだ。その隣には、オロバスも立っていた。

「皆さんも、まだ起きていたんですね」

もしかして、わたしのことを待っていたのだろうか、とクローセルは思う。

「あぁ、誰が一番稼いだのか気になりますからね」

「一番お金を稼いだ者が、最も優秀な悪魔でありますからね！　わたくし、自信ありますよぉ！」

どうやらわたしのことを待っていたわけではなかった、ということにクローセルは気がつく。

「そういうわけだから、クローセルもいいかい？　あぁ、もちろん僕は稼いだお金で優劣を決めるつもりはないからね」

ノーマンはあまり乗り気ではないのだろう。

「わかりました。わたしも自信があるし、ぜひ、やらせてください！」

なにせ、クローセルは今日一日がんばって働いたのだ。しかも、自分が一番夜遅くまで働いていた。だから、自分がもっとも稼いだと確信していた。

というわけで、誰が一日で一番稼いだのかを決める戦いが始まった。

「それじゃあ、まずわたしからいかせてください」

クローセルが宣言する。

最初に大量のお金を見せて、他のみんなの出鼻をくじいてしまおうと考えたのだ。

「それじゃあ、クローセルから」

ノーマンの呼びかけを合図に、酒場のマスターからもらった給料袋を取り出して、中身をテーブルの上にひろげる。

「すごい、こんなにどうやって稼いだの？」

ノーマンが驚きの声をあげる。

「今日一日、酒場のお手伝いをして稼ぎました」

クローセルは自信ありげにそう告げた。

「そっか、働いてくれたんだ。申し訳ないね、僕のお金がないばかりに」

「いえいえ、自分の食い扶持を自分で稼ぐのは当たり前のことですので、ノーマン様は気にしないでください」

そう言うと、ノーマンが尊敬の眼差しをむけるのがわかった。

どんなもんだい、とクローセルは内心誇らしげだった。

恐らく、悪魔の二人は今頃絶望しているに違いない、と。

そんな中、オロバスが無造作に袋の中身をぶちまける。途端、中から大量の硬貨がでてくる。

「え、うそ……？」

あまりの多さにクローセルは呆然としていた。

パッと見ただけで、クローセルの稼いだお金の三倍以上はありそうだ。

「オロバス、どうやってこんなに稼いだの⁉」

ノーマンも驚いていた。

「わたくし、本日は冒険者ギルドに行き、高難易度のクエストを達成してきたのであります‼」

オロバスはドヤ顔だった。

「そうか、オロバスは冒険者登録していたもんね。それに、オロバスなら難しいクエストを達成しても不思議ではないか」

ノーマンは納得した様子。

そんなぁ、とクローセルはうなだれていた。冒険者だなんて発想すらなかっただけに、敗北感が強い。

「では、わたくしの勝ちですね」

次の瞬間、フォカロルが大量の硬貨をテーブルの上にぶちまけた。おかげで、硬貨は山のようにあふれる。

あまりの硬貨の多さに目が点になりそうだ。

「どうやって、こんなに稼いだんですか⁉」

どんな方法を使ったって、これだけのお金を一日で稼ぐのは無理だと思う。まさか、罪を犯したんじゃないだろうか。

「大したことはしてないですよ。ただ、ご主人様に頼んで、一度魔界へ戻り、人間界では貴重な鉱石を取りに行っただけですので」

フォカロルは淡々とした様子でそう告げた。

たしかに、魔界とここでは地形からしてあらゆるものが違う。魔界ではありふれた鉱石でも、こっちではとても貴重な鉱石であってもおかしくない。

だから、それを利用すれば、簡単にお金を稼ぐことができる。

「そんなのありですかーっ！」

せっかくがんばって働いたのに、まさか自分が一番稼いだ額が少なかったとは。まさかの結果にクローセルは空を仰ぐのだった。

ちなみに、フォカロルの功績のおかげで、ノーマンの台所事情は当分安泰なのであった。

皆様お久しぶりです。北川ニキタです。

はい、新シリーズです！

この「アルス・ゲーティア」は小説家になろうにて連載していたもので、皆様の応援のおかげでこうして出版することができました。

テーマは悪魔。

悪魔いいですよね、悪魔。

悪魔というと、どんなのをイメージしますかね？　悪魔と契約するには魂を売らなきゃいけない、なんてことをよく聞きますが、魂を売るって具体的にどういうことなんですかね？　謎です。

本作の悪魔はみないろんな個性があります。好戦的な悪魔もいれば友好的な悪魔もいます。見た目や能力も違います。ぜひ、お気に入りの悪魔を見つけてください。

本作品のキーアイテムとなる魔導書「アルス・ゲーティア」ですが、ご存知の通り17世紀のヨーロッパに実在した魔導書「Ars Goetia」です。カタカナ表記にする場合、「ゲーティア」や「ゴエティア」がよく使われ、Arsは省かれることが多いですね。

この「アルス・ゲーティア」はソロモン王が執筆したという伝説があり、この魔導書に書かれた通りのことをすれば、ソロモン王と同じように七十二柱の悪魔を使役できるんだとか。

解説はこの辺りにしておきましょう。

長々と説明してもし間違っていたら怖いですからね。興味があるって方は各々で調べてみてください。きっと新たな発見があるはずです。

GreeN先生、イラストありがとうございました！

表紙のクローセルとフォカロルとってもかわいいです。個性豊かな悪魔たちを描いていただきありがとうございます！

そして、本作のコミカライズがすでに始まっています！

駒吉先生が毎度、迫力のある絵を描いてくれます。送られてくる度に楽しみで仕方がありません！　特に魔術戦の迫力がサイコー！

もうね本当におもしろいので、コミカライズ絶対にチェックしてください！

それと、担当編集者さんいつもお世話になっております。いっつも提出がギリギリで申し訳ございません。努力はしてるんです。

読者の皆様、本作をこうして手に取っていただきありがとうございます。読者がいなければ、本作が日の目を見ることはなかったでしょう。本当にありがとうございます。

これからも個性豊かな悪魔たちとノーマンの成長を温かく見守ってください。

アルス・ゲーティア

～無能と呼ばれた少年は、72の悪魔を使役して無双する～

北川ニキタ

2023年10月31日第1刷発行

発行者	森田浩章
発行所	株式会社 講談社 〒112-8001　東京都文京区音羽2-12-21
電　話	出版　(03)5395-3715 販売　(03)5395-3605 業務　(03)5395-3603
デザイン	AFTERGLOW
本文データ制作	講談社デジタル製作
印刷所	株式会社KPSプロダクツ
製本所	株式会社フォーネット社

KODANSHA

ISBN978-4-06-533921-3　N.D.C.913　291p　19cm
定価はカバーに表示してあります

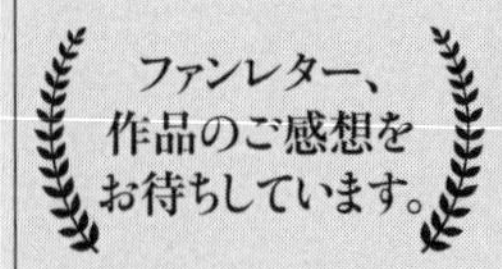

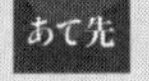

〒112-8001　東京都文京区音羽2-12-21
(株) 講談社　ライトノベル出版部 気付
「北川ニキタ先生」係
「GreeN先生」係